JN066643

「忘れる」力

外山滋比古

潮文庫

「忘れる」力 ● 目次

第1部　創るチカラ　7

第2部　ことばの旅　87

第1部 創るチカラ

作る・つくる・創る

戦争中に敵国の語学、文学を勉強するという酔狂《すいきょう》な真似《まね》をした人間だから、戦争が終わって、世の中が英語に目の色を変えるようになったのがおもしろくなかった。半ばムクれてあまり人のやらない中世の英文学を学ぶことにした。三年ほど浮世《うきよ》を忘れて古英詩に親しんだ。

それはいいが、仕事がない。浪人する覚悟を決めていると、大学の恩師が見かねて、『英語青年』の編集の仕事をくださった。ひとりで何でもするワンマン雑誌で、現実離れした勉強をした人間に勤まるはずがない。いったんは辞退したが、とにかく二年やってみよ、と言われて、しぶしぶ雑誌づくりを始めた。

それまでずっと、本を読み、研究するのは高級なことだと思っていた。少なくとも雑誌の編集なんかとは比べものにならない、というので、はじめは断ったのである。

実際に編集をしてみて驚いた。どんどん売れ行きが落ちていくのである。先任者は有能な人だったから、非力な新米に代わったのを読者は見逃さなかった。毎月返品率が上がる、つまり売れなくなって、会議に出るのが針のムシロに座っているようであった。ずっと勉強してきたことは、役に立たないどころか、じゃまである。しばらくは、自分の勉強を中断、なんとかしてもと通りに売れる雑誌にしたいと思って心を砕いた。

いろいろ工夫、新しい試みをするのだが、何ひとつ成果が上がらないから、自己嫌悪に陥《おちい》る。生まれて初めての経験である。二年の約束だがそれまでもつかどうか。何度、辞めようと思ったか知れない。そして覚悟を決める。辞める前に思い切った冒険をして読者を呼び戻そうと思ったのである。

奇妙なテーマの大特集を二カ月続けることにした。これがダメなら辞めよう。

企画は成功した。夢にも考えたことのない完売、返品ゼロになった。読者が戻ってきただけでなく、新しい読者をつれてきたのである。そうなってみると、雑誌づくりがたいへんおもしろいものだということがわかってきた。昔の外国の人の書いたものをナメるように読んでも、心をゆさぶるものはない。本を読むということ自体、受身で、少なくとも生産的でない。それに引きかえ、ものを作るのは鋭い喜びを伴うことを知った。ものづくりを読書よりも低いように思っていたのはとんだ錯《さく》誤《ご》であると考えるようになって、編集が好きになり、二年の約束を忘れて居座った。

満四十歳になった。雑誌づくりはいよいよおもしろいが、ここいらが潮どきではないかと考えた。菊《きく》池《ち》寛《かん》の〝編集者三十五歳停年説〟に影響されていたフシがある。すでに大学で専任の職を得ていたから生活に困ることはない。学問一筋に生きようと心を決めて、雑誌から離れた。

二、三カ月すると寂しくなった。毎日が虚《うつ》ろである。時間をもてあます。そうそう本は読みたくない。さて、どうするか。何かおもしろいことを始めなくてはいけない、始めたいと思いながら、これまでいちばん心惹《ひ》かれたのは何かを考えて、焼きものづくりに思い当たった。

小学六年のとき、図工の時間に焼きものをつくった。といっても泥人形みたいなものをいくらか素焼きしたくらいである。ただ、先生はひとりものも言わずロクロをひいていた。その姿が美しかった。子どもはロクロにさわらせてもらえなかったのも憧れをふくらませた。小学校のほかの先生の多くは名前すら覚えていないが、ロクロをまわしていた武内先生はヒゲのかっこうもありありと目に浮かべることができる。

いろいろな手を使って、勤め先の大学の陶芸実習の時間にまぎれ込むことに成功した。担当の若い陶芸家が「ロクロがひけるようになるには十代から始めなくてはいけない」と宣告した。いやな気がしたが、我慢して、とにかくロクロをマスターしよう。晩学成り難きは承知の上、時間をかけるしかない。学生たちは週に一度しかやらないが、こちらは毎日、空いた時間はロクロ場で過ごす。朝行って昼食抜き、夢中になってロクロと格闘していて、外へ出たらもう日が暮れていたということもある。ロクロ場は地下にあって外光がささないから、日の暮れるのもわからない。生まれて初めて、我を忘れる経験をした。夢中だった。

ロクロの上の土が手の中で生きて動く。その感触に戦慄《せんりつ》を覚える。大昔、焼きものをつくった人たちの魂がよみがえってきたのかと思うこともある。指先が敏感になってきたのも不思議であった。

雑誌づくりなど比べものにならない。編集は焼きものづくりに比べると、とても〝つくる〟とは言えないように思われる。雑誌づくりは抽象的制作であるのに焼きものづくりは具体的で感覚的である。〝つくる〟喜びもおのずから異なる。そして、抽象的制作よりも具体的造形、制作の方が、ずっと根源的で、それだけおもしろさも大きい、と考えた。

そんな明け暮れを見て、専門を変えたのか、教師廃業か、とひやかされたが、動ずることもなかった。おもしろいことに夢中になれば、前後不覚である。言いたい連中には何とでも言わしておけばいい。そう肚《はら》をすえたのである。

大学には陶芸専攻がなく、彫塑《ちようそ》の学生が陶芸実習をするだけであった。ロクロ場へ来る学生と語らって陶芸研究会をこしらえて、活動することにした。ときどき、学生たちと、夜を徹して窯《かま》をたく。ものをつくる勉強をしている学生は、英文科の学生とははっきり違って、どこかあたたかさを感じさせる。文科の学生は頭と口だけで生きているとすれば、芸術科の学生は全身で生きている素朴さをただよわせる。

自分自身、ずっと本を読むことを中心に生きてきて、ずいぶん人間らしさを失っていることを、これら仲間の学生とつき合って感じることができた。

だいたい本を読むというのは、ひとの考えたことを、書いたものをたどって頭に入れるにすぎない。学ぶというのは真似ることである。独創ということははじめから問題にしていない。模倣的である。本を読めば読むほど、個性が失われ、知識をありがたがる人間になりやすい。

いちじるしい例は文学青年である。文学に親しむと言いながら、実際は文学に呑《の》まれて見境がつかなくなることが少なくない。具体を見おろし実際に背をむけて空想に遊ぶのを知的だと勘違いする。本を読んでただ知識を蓄《たくわ》えて喜ぶ人間を、昔の人は、〝先生と言われるほどのバカでなし〟とからかったが、文学青年はその先生の最右翼である。文科の人間は多く、この非創造的遊戯《ゆうぎ》であると言って差し支えないだろう。

主として本を読む人は他人の仕事にケチをつけ、それで自らの優越を誇るが、新しいものを生み出すことははじめから考えない。たまに論文を書いたりすると、諸説をかき集め、それを並べて、解説したり批判を加えたりするだけである。

人間の創造力は実はごく幼い子どものときが最高であるという事実が見えなくなって文化の進展が難しくなるのは、日本だけのことではなく、世界中がそうである。生まれて間もない子どもは、もっとも自然に近く、人間の能力を生々しい状態でそなえている。学校教育がそれを考慮しないで、知識を詰め込む。記憶と模倣を不当にありがたがって不自然な学習を強《し》いているうちに、たいていの子が生得的にもっている可能性を喪失してしまうのである。現代文明・文化はもっとしばしば生後直後の豊かな能力のことを考えなくてはならない。

小学校より中学、中学校より高校、そして大学がもっとも高度の勉強をするように考えるのは誤りで、年齢が高くなるにつれて教育のなしうることは小さくなり、それによって得られるものも小さく少ない。大学という名はそういうことのわからない時代にできたもので、小学校と名称をとり換えた方がいいのである。

新しいものをつくる。真似でないものをこしらえる、というのは年齢が高くなってからできるようになるのではなく、幼い間にもっともよくできる。子どもが天才的であるのは運よく生来の能力がつぶされない状態にあることにほかならない。

文法の創造

〝十で神童《しんどう》、十五で才子《さいし》、二十過ぎればただの人〟ということわざがある。幼いときずば抜けて利発であったのが、少したつと輝きをなくし、成人するころには、普通の平凡な人間になってしまう。年とともに天分が失われていくさまを述べたものだ。もちろん、神童のまわりの人たちの言うことではなく、無縁のもののやっかみ半分の皮肉が見えかくれする。いい気味だというほどはっきりしていないが、神童がただの人になっていくのを、おもしろい、と見ている。

〝十で神童〟と言うが、それまでは何なのか。そんなことを問題にするものもないから天下泰平である。生まれてからの十年はいったい何なのか。昔から、幼い子は人間として扱っていなかったことを暗示している。生まれて当分の間、子どもは、何もわからず、何もできない。勝手にそう決めてしまっていた。これが大違いであることは、文化、学問の進歩した現在も一般に理解されていない。実際はその逆で、子どもは生まれて十年間に、その後の一生かかってもできないことをやりとげる。少なくとも天分、能力は生誕直後のしばらくがもっとも高く、年齢が進むにつれてその潜在的能力を減らしていく。多くの子は十になる前に、ただの子になってしまっている。十歳で神童と言われるのは、何かの好運によって天分喪失を免《まぬか》れたのである。神童もやがて能力逓減《ていげん》の法則にしたがって天分を失って凡人になるが、奇跡的にこの法則にからめ捕られなかったのが、天才ということになる。才能逓減の法則を超越できれば、すべての子が天才である。

生まれたばかりの子が何もわからず、何もできないように考えられるのは、すべての子が未熟児で生まれてくるからである。いかにも無為無能と見えるが、その実、潜在的能力は最高の状態にあると想像される。現代の学問はこれを解明することができないでいる。すべての子が天才であることがはっきりすれば、この世は一変するであろう。一般に、生まれてくる子にいろいろなことを教えて一人前の人間にするように考えているけれども、実は子のもてる才能能力を寄ってたかってつぶしてしまっているようにも思われる。すべての子が神童の可能性をもって生まれてくるのに、本当に神童になるのはごく限られた子だけである。

子どもは能力を内蔵しているが、これを引き出す外からの力が必要である。まわりはそれに気づかず、ほうっておくから、潜在的能力はやがて不必要なのだとして消滅するのである。能力は闇から闇に葬《ほうむ》られる。すべての天分は年とともに減っていくから、天才は若いうちに表れる。普通の人間が七十歳を超えて天才であるというのは考えにくい。すぐれた詩人もインスピレーションが得られるのは三十歳くらいだと言われる。科学技術の発見、発明なども、若いときになされるのが普通である。若さが重要なのは、生得的な才能は年齢が低いほど豊かであることを考えれば理解できる。天才の多くが童心《どうしん》を失わないのはむしろ偶然であるが、すべての子が天才的であることを考慮すれば、むしろ当たり前のことになる。

〝はじめにコトバありき〟と言われる。人間にとって、いのちについで大切なのはことばであろう。しかし、ことばをもって生まれてくる子はひとりもいない。いかなることばであっても習得できる万能言語能力をもっている。日本人の両親から生まれた子でも英語だけ聞かせていれば、英語がわかり話せるようになる。ほかのどんなことばでも、はじめのことばとして聞かせれば、そのことばをしっかり身につける。

昔の母親はたいてい「子どもは自然にことばを覚える」と思っていたようだ。さすがにいまはそういうことを口にする人は少なくなった。しかし、子どもが、どうしてことばを身につけるのか、はっきりしないのはいまも変わるところがない。つまり、はっきりことばを教えられる大人がまわりにいなくても、子どもは自力で〝はじめのことば〟を習得する。要するに学ぶのではなく、自分で〝創る〟のである。

子どもの言語習得に関して注目すべき逸話がある。と言っても私がずっと以前にイギリスの本で読んだ話で、くわしい固有名詞などはすべて忘れてしまっている。本来なら書くべきではないが、要点ははっきり覚えているので、あえてそれを紹介したい。

その昔、ヨーロッパのある国で国王が妙なことを考えた。人間がいろいろ違ったことばを話すのは、子どものときにまわりが教えるからで、もし何も教えなければ、子どもは神のことばを話すようになるはずだ、と言うのである。実験をした。何人もの新生児を集め、手厚い保育を与える一方、一切、ことばを聞かせてはいけないと命じた。その結果、子どもたちは次々と亡くなり生き残るものはなかった、という。現代においてこれを荒唐無稽《こうとうむけい》と一笑に付することはできないのではないか。

かつての母親は、さきにも述べたが「子どもは自然にことばを覚える」と考えた。いまはそんなことはないが、なお、子どもがことばを覚えることの不思議さをはっきり理解している向きはきわめて少ないだろう。それどころか言語学さえ幼児の言語習得について決定的な解明をなし得ていない。一般がわからないのはむしろ当然である。

ことばをまったく知らずに生まれてくるのに、三年もすると、例外なく、ことばがわかり、使えるようになっている。驚くべきことだ。その間にまわりでしっかりことばを教えることがないのにである。

もちろん〝先生〟はいる。母親である。しかし、「返事をしない子どもにモノを言うの、独り言を言っているみたい」などという〝先生〟である。つまり、生まれてくる子にことばを教える人はいないと言ってよいのである。

それでも、子どもはことばを身につけなくてはならない。どういうことかと言うと〝学ぶ〟のではなく〝創る〟のである。子どもは〝はじめのことば〟を教えてもらうのではなくて、自力・独力で、創り上げる。創造といってよいのである。われわれは、こういうことを知らずに子どものことば、一般を考えてきたというおかしなことになるのである。

ひとつひとつのことば、単語はまだいくらか教えてもらう部分があるけれども、ことばを使うときのルール、文法については、まったくほかから教わることなく、めいめいが三年くらいの間に創り上げてしまうのである。これをいわゆる頭のいい子だけでなく、ほとんどすべての子どもが、やってのけて知らん顔をしているのである。それで大人たちも知らぬ顔をしてきた。この文法はその子の心の核のようなもので、昔の人が〝三つ児の魂〟といったものとの結びつきが問題にされてよいところである。

ひとりひとりの子どもは、断片的なことばを聞いて、それをそのまま覚えるだけではなくて、部分的なことばをもとに、文法というシステムを創り上げる。ほとんど神業といってよい。人はこのことを自覚することなく一生を終える。自覚しないのは自分の文法を本人では意識できないからである。いったんできた文法は死ぬまでもち続ける。その点でも〝三つ児の魂、百まで〟に通じるところがある。ほかの人の言ったことを〝おかしい〟〝違っている〟などと感じるのは、このかくれた文法の送っている合図なのである。

外国語の勉強でも文法をマスターするのはたいへんだが、母国語について、すべての子が、自分で文法を創り上げているというのは驚異的である。つまり、人間は生まれながらにしてすばらしい創造力をもっている証拠である。それによってことばを身につけられるようになっているのは自然の摂理である。

そのことに気づかずに育てられるから、どんどん能力を失っていき、〝十で神童……〟ということになる。生まれて数年の間、人間は天才的創造力に恵まれている。

仮説を立てる

「本で読んだこと、感想などを並べただけでは、論文とは言えません。どんな小さなことでもいい、発見がないといけません。自分の考えが必要です」

そう述べたのはX教授である。某女子大学大学院、修士論文中間発表の席である。二十年も前のことで、時効にかかっているが、実名は避けることにする。

学生たちはきょとんとしている。その沈黙を破ったのがY教授。

「それは少し違うのではないですか。文学研究では、おいそれと発見があるわけがないから、発見のないのは論文でないと決めつけられては困ります。鑑賞だってりっぱな研究で、論文になります」

Y教授はX教授より学生に人気があった。こういう甘いことを考えているところに、人気の秘密があるのかもしれない。X教授は、場違いなことを言った人間のように学生から見られているのを感じて黙《もく》した。ほかに三人の教授が同席していて、この問題については何も言わなかったが、Y教授の味方であることは学生たちにもわかった。

これは一例にすぎないが、日本中の大学院文学研究科で、なされるべき議論である。文学の論文とは何か、明治以来、はっきりしたことがわからないまま〝論文〟を書いて卒業した。それが羊頭狗肉《ようとうくにく》にもならないという反省が起こって、卒業論文を廃する外国文学科が現れ、またたくまに広がった。良心的だったと言ってよい。大学院はそうもいかず修士論文はいまも必須である。それで、論文ならざる論文を作成して修士学位を得る。やかましく言えば世を欺《あざむ》くことである。論文というのは偽装である。大学の人文学部門では、これに答える用意が必要である。その意識すらないようでは独立文化社会の大学とは言えないであろう。明治この方、これに悩んだ学者、教師、学生がなかったというのは、つまり、日本の学術、とくに文科系の学問が後進国の体制を脱していなかったのを物語る。お互い恥ずかしいことだから、なるべく触れないのが良識ということとなる。

五十年前、高等教育を受ける者は同世代人口の一割くらいの時代、世人は大学は象牙《ぞうげ》の塔、深遠《しんえん》な学術探究が行われるところと信じるのは容易であった。見ぬもの清し、である。いまは二人に一人が大学に行く時代である。大学は就職のためと割り切るのが少しもおかしくなくなっている。学問とか研究などというのはことばとしても影がうすい。卒業論文がどんなものか、などはじめから関心がない。それで、論文はますます堕落する。

学生だけの問題ではない。学者、教師にとっても、論文がいかなるものか、それを実際に書いているのかという検討は不可欠である。

他分野のことはよくわからないから、事情のわかっている文学関係、とりわけ外国文学科に限って言えば、本格的論文を書いている研究者は例外的である。たいていが、他人の文献を読み、その知見に自分の感想をまじえてカクテル論文を書いてきた。借り物の酒をブレンドして酒をつくり、それを論文と考えるなら、自らも欺き世間を欺く仕事ということになる。そうなるのではないか、という反省力さえ欠いた人間たちが学者面《づら》をしている。

本に書いてあること、人の言ったことをいくらたくさん集めてみてもそれは作文であって論文ではない。論文というからには、テーマがなくてはいけない。それを他から借りたり盗んだりするのでは、はじめから問題にならないのである。自然科学でも指導教授からテーマをもらう風習があるらしいが、その結果は論文にはならない。文科系の論文はもっとひどい。テーマなしで論文を書こうとする。教師が学生にテーマを与えるのは異例である。

テーマが生まれるまえに、予想的創造思考が必要である。これがしっかりしていれば、テーマは容易に定まる。ひとつではなくいくつも生まれるかもしれない。この予想的創造思考のことを、自然科学研究者たちは〝仮説〟と呼んでいる。仮説なきテーマは本当のテーマではなく、しっかりしたテーマのないのは要するに作文である。

地方のある国立の自然科学系の研究機構に評判の所長がいて、大いに研究活動を刺激、促進していると言われた。

職員トイレで、隣の所員とならび立つと、所長は決まって、

「何か新しいことはありますか。おもしろいことは？」

と挨拶をした。ニュースを聞いているのではない。新しいアイデアは出てこないかと聞いているのである。そのアイデアがふくらむと仮説になる。仮説を実証すれば論文というわけである。

外国文学研究において、この、アイデア、仮説、論文の過程を踏んだ唯一の論文は夏目漱石の『文学論』（一九〇七年）である。ほかの学者たちは論文と称して作文を書いているのに、これはいかにもユニークだ。

漱石はロンドン留学中、かつて同じ下宿で暮らしていた池田菊苗《きくなえ》（化学者＝一八六四〜一九三六）との談話からヒントを得て、つまりアイデアをつかみ、文学とは何か、という仮説を立て、それを心理学、社会学の観点から追究するテーマにもとづいて書かれたのが『文学論』であった。実に世界的業績で、当時、こういう方法で文学の本質を究明しようとした試みは皆無であった。もし英文で刊行されていたら、世界的反響を捲《ま》き起こしたのは間違いない。いま漱石の文名はいよいよ名高いけれども、その文学の研究には無関心であると言ってよい。この大業は現在に至るまでほとんど開かれざる大著であり続けている。

世界的と言うにはわけがある。『文学論』が出てから十七年後に、イギリスの文学理論学者I・A・リチャーズの『文芸批評の原理』が出版された。新しい文学研究として世界的影響を与えることになったが、方法は漱石に酷似《こくじ》している。漱石が心理学と社会学の視点から文学へアプローチしたのに対して、リチャーズは、心理学と生理学の見地から文学現象を解明しようとした。どちらも心理学が共通している。漱石はリチャーズより早い先覚者で、どこの国の学者もなしえなかったことをやってのけたのであるが、砂漠に播《ま》かれた種子のように、ついに芽を出すことがなかった。ことに英文学関係の人たちで、これを読みぬいた人がどれくらいあるか疑問である。

文学研究の世界では、ずっと長い間、〝ミノ虫論文〟を作ることしか知らなかった。ミノ虫が枯れ葉や枝を集めてきて自分の巣をつくるように、あの本、この本、あの論文、この論文などいろいろのものをかき集めて論文をつくる。素地が丸みえでいかにも借りものであることがはっきりしている。けれども、文科系の論文の実に多くがこのミノ虫論文であったし、いまも変わっていない。

これより一歩進んだのが、〝マユ型論文〟である。蚕《かいこ》は青い桑の葉を食べて成長するが、自らの吐く糸は、桑の葉の青さを捨てて純白で、白いマユをつくる。それと同じように、諸著・諸説を消化、理解、完全にわがものとして、自分の世界をつくる。もちろんミノ虫論文よりすぐれていると考えられる。

しかし、マユ型論文もなお模倣的である点で、ミノ虫型に通じるところがある。

これに対して、〝大工型〟ともいうべき論文がある。もちろん材料を用いるが、あらかじめ設計図、あるいはそれに類する見取り図が、少なくとも頭の中にあって家をつくる。近代的建築なら、設計はきわめて重要なものになる。そこまではいかなくても、論文づくりに当たっては、前もって目論見《もくろみ》、デザインが存在しなくてはいい仕事はできない。

その設計が、論文のもとになる仮説にほかならない。仮説のない論文は、ミノ虫論文、蚕のマユ型論文にはなっても、決して独創的価値をもったものにはならない。はじめのX教授も発見などと言うのではなく仮説がなくてはいけない、と言えばよかったのである。それでも納得されないのは同じだが――。

文章をつくる、歴史も創られる

これだけ進んだ社会である。しゃべることぐらい、何でもないように考えられているが、人前でまっとうな挨拶ができたら大したものである。書くのはもっとひどい。改まった文章を下書きなしで書けるのは文才のある人に限られる。ちょっと改まった手紙でも、書いては破りを繰り返す。

日本語は建前は言文一致だけれども、その実は今なお言文別途《べつと》である。漢字と仮名を混用する日本語の特殊事情によるものだから、おいそれと一致はしない。そんなことを考えないでいられるのだから、われわれは相当ノンキだと言ってよい。

明治のはじめから、基礎教育は〝読み、書き、ソロバン（算術）〞中心であるのは周知であるが、その読み、書きのことばに大きな穴があいているのに、注意する人がいなかった。

ことばで、もっとも大切なのは話すこと、ついで聴くことである。それはいや違う。読み、書きだと言い張る人はいくらか減ってはきたが、なお、大勢である。言語学の教養がないのだから是非もないことである。

つまり、〝読み、書き〞の前に〝話し、聴く〞教育がなくてはいけないのである。話し、聴くのは就学以前、家庭で完了している、と考えたのであろうが、ヨーロッパの考え方を移入したにすぎない。

いまの人はどうかわからないが、戦前の日本人にとって〝書く〞とは何であったか、必ずしも明確ではない。小学校の教科に読み方と書き方があった。書き方は文章の書き方だろうと考えると、そうではない。毛筆書道（習字）のことだったのである。文章を書くのは綴《つづ》り方というのが別にあった。

この綴り方がくせもので、具体的なことは何も教えないでおいて、いついつまでに綴り方を書いて提出、という宿題を出す。子ども心にも不安だから、何をどう書

くのかと質問が出る。先生すこしも騒がず、

「思ったことを思った通りに書きなさい」

という決まり文句を投げ返すのみ。思うことなどないから書けません、とムクれるほど昔の小学生はスレッカラシではなかった。

先生は忙しい。何十人もの文章を読んではいられない。〝マル閲〟というハンコを捺《お》して返す。先生がサボっていることは子どもだってわかる。そんな宿題はいい加減に文字を並べておけばいい、と考える生徒が多くても不思議ではない。

中にはいちいち宿題の文章を添削《てんさく》して返す奇特な先生もいないことはなく、そういう先生のクラスから、文筆家が出たりするのである。

文筆家だって「思ったことを思った通りに書けた」ら一人前である。子どもにそんなことを言うのは教師がいかに文章を書くのを軽んじていたかの証拠のようなものである。書くのに少なくとも苦労した先生はそんなことは言わない。

ひところアメリカの小学生で俳句を作るのが流行して日本人を喜ばせたが、俳句芸術に魅せられたわけではない。長いエッセイを読まされるより、三行の俳句・ポエムなら、読むのに手間ひまかからない、これに限るとなったらしい。宿題を見る

のはどこの国だってたいへんで、そのために作文教育は進歩しないと言ってもよい。戦後の国語教育が、綴り方を廃して作文としたのは、たしかに進歩であったが、それは看板の塗り替えで、実態は変わるところがない。

作文の授業があれば珍しい。やはり宿題で書かせる。題を与えて書かせると、似たりよったりの文章ばかりになる。かつて大学の医学部が入試に小論文を課し、エッセイを書かせるのがはやったことがある。数年すると、大半の受験生が型にはまった、似た文章を書くようになった。優劣つけ難い、と入試から外すところが増えた。医学部の先生に作文の評価ができるとは限らないということも、わかったらしい。

文章を書くのを作文というのは、少なくとも綴り方などに比べれば、適切であるのははっきりしている。

文を作る、創る、造る——は、いずれも文章は表現しようとしているモノゴトと同じではない。コピーではない。要約であり、まとめである。

文章は、それが表そうとしているモノゴトよりも小さいのが普通である。モノゴトを、そのままことばに移すことはできない。要点のみを文章にして、そうでない部分は捨てる。すべてを表現しようとすれば、大混乱を起こして、何も伝えることができなくなってしまう。

〝思ったことを思った通り〟書くのは、こういうわけで不可能である。文字より声の方が伝達性が高いけれども、いくらすぐれた話し方のできる人でも、思ったことの半分も伝えられたら大したもの。言われない部分が多くなるにつれて、聴いている人にはわかりにくくなる。多くの部分が切り捨てられると、受け手は自らの責任で欠損部と思われるものを補充しようとし、それがかえって受け手に快感として意識される。話すことばに比べて、書く文字はいっそう省略的であるから文字、文章にすることのできる部分は話しことばよりさらに小さい。それだけに受け手は解釈と理解を求められる。

俳句は世界一短い詩である。言わんとするところのごくごく一部しか表現できないで、大部分が切り落とされざるを得ない。読む側は活発な想像をはたらかせて自分の意味を創らなくてはならない。この妙味に気がつけば、外国人にだっておもしろくなるのである。

作者は俳句という表現を創る。それはどうしても不完全な表現にならざるを得ないから、受け手にとっては大幅な増補が求められる。これがすなわち創造になる。俳句は作者側でも読者側でも創造的で、そこから二重の多義性が生じ、独特な知的快感を生ずるのである。

一般に、ことばはモノゴトなどを表現することができる、というように考えられている。つまり、ことばはモノゴトと不可分な関係にあり、ことばはモノゴトを忠実に反映している、と信じられている。どうやらこれが、一種の迷信であると疑われ始めたのは世界的にも、近年のことである。

その新しい考えによると、ことばは決して対象をあるがままに表現することはない。ことばはそれを表現しようとするモノゴトのごく小さな一部を不完全にしか伝えることができないのだというのである。

こういう考えによれば、文章がモノゴトをあるがままに表現できるということこれまでの常識は根底からくつがえされることになる。

文章はそれが表そうとしている事柄と、もちろん関係はあるけれども、完全に同じではない。両者は別々に独立したものである。

ことばでモノゴトを表現するのは、忠実に複写、コピーをつくるということではない。ことばという記号を使って対象をまとめることである。

「あるがままを書く」というのは、ことばとしても妥当《だとう》ではない。

文章を書くというのは、ことばを用いて、なるべく忠実に対象を再構築することにほかならない。はっきり言えば、創作である。いわゆるフィクション、すべての文章は、創造であり、創作であるということになる。

文章を書くのが、面倒であり、思うようにいかないのは、こういう事情にもとづくのである。どんなに短いはがき一枚書くのにも、ときとしてたいへんな時間を要し、しかも、納得がいかなくて破ってしまう、というようなことがあるのも、創作をしているのだと考えればいくらかわけがわかる。

文章を書くのは、文章を創ること、創作であるということを承認すれば、いろいろおもしろいことがわかってくる。

われわれは歴史によって過去を知ることができると思っている。歴史が過去を忠実に、少なくとも、うまく再現しているという前提に立つからである。もし文章が創作であるとするならば、文章の集合体である歴史もまた創作だということになる。フィクションなら、同じ時代にまったく違った歴史がいくらあってもおかしくない。

同じような歴史が複数あると、むりにも優劣をつけて正史をこしらえようとするが、〝正しい〟歴史はない。ひとつひとつの歴史はどれも創作だから完全な記録ではない。

文章は創作である。歴史も意図されない創作だ。

新語をつくる

のっけから外国語をもち出して恐縮だが、英語にWant is the mother of invention.ということわざがある。ふつう「必要は発明の母」と訳されているようだが、〝必要〟は〝欠如〟とか〝貧困〟とした方がよいかもしれない。このwantが微妙で、ぴったりの日本語がない。それで日本語にすると意味もゆれるのである。

このことわざは、要するに、恵まれていては発明は生まれにくい、必要なものがない、不如意《ふにょい》なところから発明が生まれてくることを言ったものである。満ち足りた状態で新しいものを作り出そうとするほど人間は勤勉にできていない。困窮《こんきゅう》すれば何としても新しいものを手に入れたくなり、なければ新しく作る。貧しきものは幸いである、というわけだ。

明治のはじめ、外国の文物をとり入れようとしたときの日本はまさに、〝欠乏〟〝困窮〟の状態にあった。西欧のものはないものずくめ。なんとかして向こうの文化を摂取したいが、先立つことばがない。

なんとしても外国語がわからなくてはいけないが、それを表す日本語がまったくない。新しく作り出さなくてはならない。

当時の最高学府、大学南校《なんこう》での学習はいまから見ると浮世ばなれしていたようである。先生が言うのを学生があとをついて斉唱《せいしょう》する。

bank　ビーエーエヌケー　バンク　日本にないもの。

book　ビーオーオーケー　ブック　本。

bread　ビーアールイーエーデー　ブレッド　日本にないもの。

いい年をした学生が声を合わせてこう言っていたのだからおもしろい。

問題は「日本にないもの」であり、なんとしても、訳語を作らなくてはならない。

もちろん、教室の学生だけではなく、およそことばに関心のある人たちがこぞって、訳語を案出《あんしゅつ》しようと心を砕いたと思われる。そのころ英語を学ぶ人はたいていしっかりした漢学の素養をそなえていた。漢字能力を駆使して訳語をこしらえた。名詞は原則、漢字二字に収めた。こういう芸当は、仮名のことばではできない。

バンクが銀行になったのはこういう次第だった。金融機関だから、昔、銀貨を造った銀座の〝銀〟をとる。そして中国で会社のことを洋行としているところから〝行〟をとり、合わせて銀行としたのである。ことばのあふれる社会に生きる現代人にはとても真似られない創造で、なるほど、「欠如は発明の母」ということがわかる。

speechも日本にはないもの。これは福沢諭吉の苦心の作で〝演説〟ができた。これはいまは廃《すた》れ、仮名の〝スピーチ〟が幅をきかせている。それとは別だが、麦酒《ビール》、煙草《タバコ》、硝子《ガラス》のように、漢字を洋風に読ませる工夫もした。窮余の手だったのであろう。

ベースボールにはおもしろい伝説がある。正岡子規《まさおかしき》は若いころスポーツ青年でベースボールに熱中した。自分の幼時の名、のぼるをもじって野（ベース）球（ボール）をつくったというのである。適訳なのだろう。ほかの外来スポーツがみな仮名書きになったいまも、野球はビクともしない。

学術語についても涙ぐましい努力があってほとんどを訳語化した。そういう訳語の数百が漢字の本場中国へ〝輸出〟されたというのは愉快。それだけでなく、こういう訳語が整備されたおかげで、アジアで初めて大学の講義が自国語によって行われるようになった。

戦後、ことばについてまた“want”が起こった。アメリカから入ってきたことばにはそれまで訳語のなかったものが多かったが、英語のできる人たちにかつてのような漢字漢文の素地が欠けていて、漢字訳にしようとしてもできなかった。音訳というかカタ仮名語で処理した。これは造語とは言えないかもしれない。アメリカ文化は大部分、カタ仮名語に化けたと言ってよい。カタ仮名氾濫《はんらん》が批判されるまでになったのは是非もない。

カタ仮名流行の勢いに乗って、見せかけの外来語、つまり原語のないカタ仮名語が現れた。これも造語力によるもので、たんなるカタ仮名語とは類を異にする。

〝スキンシップ〟はそのひとつ。英語にすればskinshipだろうが、英語にこの語はない。専門家もときどき使って、英語と思っている人もいる。

和製外来語でもっともめざましいのは〝ナイター〟であろう。作者は不明である。戦後間もなく、東京の後楽園球場に夜間照明設備ができて、夜間試合が始まった。間もなくナイターということばが現れた。たいていの人が英語の night だと思った。ところが辞書に夜間試合の意味がない。それでも多くの人は新しいことばと解した。どうもおかしいと感じる人が少しだがいた。nighter は英語では芝居の初日を観に行く人を first nighter と言うほかは、寝酒のことだと辞書は教える。

私はそのころ英語英文学の月刊誌を編集していたが、ナイターの素性《すじょう》に興味をもって、アメリカのプロ野球コミッショナー事務局へ、夜間試合のことを nighter と言うかと問い合わせた。返事は簡単明瞭、アメリカでは nighter は使わない。夜間試合は night game だという返事だった。これでアメリカでは nighter が使われないことがはっきりした。それにしても〝ナイター〟は適語である。night game など長くて不便だ。

そのころほかの筋からも同じようなインフォメーションがあったのか、〝ナイター〟は和製である、という噂が広まり、NHKがまずパタリと使わなくなった。たまたまそのとき、K社が英和辞書の改訂版を出そうとしていたが、nighter を独立見出しにしていた。そこへ和製英語だという話が伝わり、あわてて削除したという。

それから三十年してアメリカでもnighterを使うようになったことがわかってきた。ナイターを輸出したことになるのは痛快である。この和製英語の作者はマスコミ関係の人と思われるが名は伝わっていない。

同じく野球関係でもうひとつおもしろい造語がある。〝プラス・アルファ〟である。

野球の試合で、先攻のチームが九回表で負けがはっきりすると、裏のゲームはなくスコアはA（アルファ）となる。明治からずっと、「アルファづきで勝った」というように言われてきた。どうしてAをアルファと言うのか知る人も少なかった。

それればかりか、これをもとにプラス・アルファという語が現れたのである。戦後ひところ、はげしかった労使交渉で妥結《だけつ》するときに、「ボーナス三カ月、プラス・アルファ」などということがよく言われた。ちょっぴり色をつけるということである。そこからさらに発展して一般に、少しの増加のことをプラス・アルファと呼ぶようになった。

ところが、アメリカではプラス・アルファなど使わない、ということがわかった。プラス・アルファが一般語になってずっと後のことである。アメリカでは九回裏の空欄にはXと書くのである。そのXがどうしてAに化けたのか。

明治のはじめ、野球は学生スポーツであったのだが、アメリカ人がスコア・ブックにXと記入したのを脇で見ていた学生が、てっきりギリシャ文字α（アルファ）だと早とちりした。Xを早書きするとαそっくりになる。学生たちは学があるから、ギリシャ文字と結びつけたというわけである。日本の新聞は実に数十年にわたり和製表記を使ってきた。読者ばかりか記者も、それを疑わなかった。それくらい、よくできた表記だということもできる。もちろん以後、新聞はAをXに変えたが、Xづきの試合などとは言わない。

「二階へのハシゴを外された」ということばがあるが、プラス・アルファもそれで、もとの野球用語としての〝アルファ〟は消滅したが、なお、実際にプラス・アルファが使われるケースはなくなっていない。

外来語はただ入ってくるのではない。新しいことばを作って、日本で流通する。訳語、カタ仮名語の多くが造語の過程を経ている。

セレンディピティ

古い友人だがめったに便りをくれたことのないのが、「キミの言うセレンディピティを、ノーベル賞の鈴木章教授がテレビで使っていた」と言うだけの手紙をよこした。少々気を悪くする。彼にセレンディピティの話をしたのは三十年以上も前のこと。いままで信用しなかったが、やっとわかった、といわんばかりでおもしろくない。彼は日本文学を教えた人間だが、知的常識に欠けている文科人間の典型である。

アメリカ人はこのセレンディピティが大好きである。これを名にする土地があるかと思うと、店の名前にしているところもあるらしい。活動的なアメリカ人に訴えるところが大きいのだろう。

セレンディピティ（serendipity）は、「思いがけないものを発見する能力。特に、科学分野で失敗が思わぬ大発見につながったときなどに使われる」（『大辞林』）。

例があった方がわかりやすい。

書斎の机の上が乱雑で、何がどこにあるかわからない。さがしものをしても出てこない。ところが前にさがして見つからなかったものが、ヒョイと出てきたりする。些細《ささい》なことだが、これもセレンディピティのひとつではある。もちろんもっと大きくて世に知られた例もある。

第二次大戦後、しばらくしたころのことである。アメリカは敵の潜水艦の接近を探知する高性能の集音機器の開発に没頭していた。あるとき潜水艦から出ていると思われる規則音がキャッチされた。スワ一大事と研究陣は色めき立ったが、いくら調べても潜水艦は存在しない。だとすると、あの音は何かということになり、音源を追った。そして、正体はイルカだと判明した。それまでイルカが信号を発して相互に連絡し合っているなどと考える人はいなかっただけに、イルカに言語らしいものがあるというのは大発見になった。そればかりかアメリカ沿岸のイルカと日本近海のイルカでは使っている〝コトバ〟が違うことまで明らかになった。

ところで、このセレンディピティということばは出生がちょっと変わっている。話は十八世紀末へさかのぼる。

ホレス・ウォルポール（イギリスの作家＝一七一七～九七）という作家がいた。あるとき、友人にあてて書いた手紙の中で、これこれの発見をセレンディピティと呼ぶことにしたと宣言したのである。どうしてセレンディピティなのか。

そのころイギリスでは、「セイロンの三王子」という童話が流行していた。三人ともしょっちゅうものをなくすが、さがしてもいなかったものを掘り出す名人だった。ウォルポールはそれにあやかってセレンディピティという語をこしらえた。人造語である（そのころセイロン［いまのスリランカ］はセレンディップと呼ばれていたのである）。

ウォルポール以前にもセレンディピティ的発見はいくつもあった。たとえば、焼きもの。大昔の焼きものはすべて素焼きである。水が漏って器にならない。そういう時代に素焼きの一部がガラス質になったものが得られた。薪《まき》の灰が降って高温でガラスになったものだとわかり、素焼きに上ぐすりを塗ってもう一度焼いて陶器にすることを発見したのである。めざましい発見。

近くは一九二八年、イギリスの微生物学者A・フレミング（一八八一～一九五五）が感染症治療の決め手になるペニシリンを青カビの一種から発見したのもセレンディピティであった。

先年ノーベル賞を受けた田中耕一氏の業績もセレンディピティであったと言われる。

これらは物理、化学、生物学の分野でのセレンディピティであるが、言語や心理の分野でもめざましい例はいくつもあるに違いない。ただ文科系の人たちは、発見とか発明を問題にしないから、世に知られるものがない。しかたがない。私自身のことを紹介することにする。

発見などと言うから、セレンディピティを遠く縁のないことのように考えるけれども、日常、身近なところに小さなセレンディピティはごろごろしているものかもしれない。気づかないだけである。

明日は大事な試験という前の晩、一夜漬けの勉強をする。疲れて横になると本箱の下の方にある哲学者の本が目につく。なぜか放っておけない気がして手にとって読み出す。びっくりするほどおもしろい。やめなくてはと思いながら、つい読みふけってしまう。一夜漬けの計画は大狂いになってしまうのだが、その代わりショウペンハウエルという哲学者がおもしろいことを発見する。こういう経験をした人は少なくないようだ。

私は、セレンディピティで日本語のよさ、おもしろさを発見したように思っている。

戦争の始まる直前に、よりによって英語の専攻を決めた。そして時流にさからって、猛烈に英語の勉強をした。毎日、十時間近く英語の本を読んだ時期もあって、危うく日本語を忘れそうになったこともある。疲れて気晴らしの小旅行をした。出がけに本屋へ立ち寄って、肩のこらないものをと思って内田百閒《ひやっけん》の随筆集を買って行く。

百閒の随筆を読んで、目から鱗《うろこ》の落ちる思いをした。日本語とはこんなにも美しいものなのか。国語と日本語は違う、ということに気づいた。私にとって日本語の発見であった。それと引きかえに、英語があまりおもしろくなくなったのには困ったが、まわりの人とは違う母国語を見つけたのは、愉快であった。おかげで、あいつは英語を捨てた、と陰口をたたかれたが、是非もないことである、と観念した。英語を勉強している人間の見る日本語は横顔である、と言ってよい。正面からの顔と違うのである。当たり前としてろくに見ていない顔とも大きく違うのである。

大学の教師にはしてもらったもののスタッフの最年少。まっとうなクラスなどもたせてもらえるわけがない。単位のため、しかたなく出席している学生ばかりを相手の授業をいくつももたされてうんざりだった。

しかし、せっかく勉強するのだから、なんとか英語がわかったという気持ちになれるようにしてやりたいと考えた。いろいろなことを試みるのだが、さっぱり効かない。どうしたらわかるのかを考えてみてもダメなら、どうして、意味がとれないのか、なぜ、わけがわからないのか、その方からのアプローチをしてはどうかと考えた。

そういうことにこだわっていたある日のこと、郊外へバスで出かける用があった。バスを降りると、あたり一面の麦畑である。風に乗ってかすかな琴《こと》の音《ね》が聞こえる。琴の音を遠くで聞くのは初めてであったが、そこで妙なことに気づいた。もとはひとつひとつの音が切れ切れになっているはずの琴の音が、離れて聞くと、切れ目のない、ひと連なりの音の流れになっているのである。

そのわけはすぐわかった。ひとつの音の残響が次の音にかぶさって切れ目が切れ目でなくなり、連続になるのである。そこから、言語の問題へ飛躍して、ひとつひとつの単語はあとに残響、残像を従えていて次の語と連結するのではないかということである。

単語は孤立しているようで、実は尾をもっていて、次の語と結びついてまとまりができる。文章の流れはそうして生まれるのに違いない。

とりあえず、ことばは、それぞれ大小の残曳《ざんえい》をもっていて、ほかの語と連結しようとしていると仮定した。すると、文法上うまく説明のつかないことが解決するのである。

この残曳のことを「修辞的残像」と呼ぶことにして、この仮説についてくわしく述べたエッセイを発表した。

俳句を作る人たちが、これで切れ字の作用が説明つくと言い、言語学の人たちも、おおむね好意的であった。仮説はほぼ承認された。

英語嫌いの学生の力をつけるという本来の目的はとうとう達せられなかったが、修辞的残像説を生み出すきっかけになった。ささやかなセレンディピティであったと考える。やはり偶然――、偶然に栄えあれ。

談笑の間

いまは昔となったが、大学紛争中の大学はひどいものだった。学生とケンカ腰で議論することなど少しも珍しくなかった。大学当局は学生委員の教師を動員して、学生のあばれる〝有事〟にそなえた。駆り出された教師は朝から夕方まで待機しなくてはならない。各学科から一名が出てきて会議室のテーブルを囲んで呆然《ぼうぜん》とする中に私もいた。

名はおろか、顔を見るのも初めてという委員たちだから、はじめは黙々と空茶《からちゃ》をすすっていたが、度重なるにつれて、雑談が始まる。

おもしろい冗談でみんなを笑わせるものもあれば、専門の知識を披露するものも現れる。駄洒落《だじゃれ》よりこの方がおもしろい。

中国文学の教師が「昔の中国では天子《てんし》は朝から役所を開き政務をみた。朝廷というのはそこから来ている」と言う。初めて聞くことだから新鮮である。

話がおもしろいから、はじめは苦役《くえき》のように思っていた〝待機〟をひそかに心待ちするようになった。耳学問というが、こんなに楽しいものであるとは知らなかった。そういう話に触発されて、ちょっとした思いつきを得たりすると、いよいよ愉快になる。

やがて紛争もおさまり、学生委員の出番はなくなり、待機は終わった。そのあとでかつてのメンバーと顔を合わせると、挨拶代わりに楽しかったと言い合った。

十四世紀の『デカメロン』（ボッカチオの短編集）が思い出される。流行の疫病を避けて集った紳士・貴婦人たちがめいめい話をして無聊《ぶりょう》をまぎらせた。待機の時間つぶしが、楽しくおもしろいことを実証した一例である。学生委員の待機もその例外ではないが、私には別に思い出すことがあった。

学校を出てすぐ中学校の教師になる。生徒が生意気で保護者が偉くて教えにくいうえにやたらと忙しい。これでは自分の勉強ができないと悩んでいると国文出身の同年の同僚が同じ思いをしていると知って意気投合し、中国文学のやはり同年の同僚と語らって、三人会という雑学会をつくることにした。

月に一度、日曜の朝、三人のうちの誰かの家を会場にして集まる。ひるは寿司をとって夕方まで、放言《ほうげん》する。そのうちに夕方では終わらず夜の十時ごろまで話し合うようになった。文字通り時のたつのを忘れる。生まれて初めてである。三人とも、そこで得たアイデアをタネにして論文を書いた。お互いにかけがえのない会だと思うから途中いろいろな困難があったのに三十年続いた。人生の快事、これにまさるものなしと思っている。惜しむらくは他の二人に先立たれて孤立悄然《しょうぜん》。

イギリスの雑書を読んでいてびっくりする話にぶつかった。

十八世紀後半のイギリスに変わった会があった。毎月、満月の夜に集まるところから月光会（Lunar Society＝ルーナー・ソサエティ）の名がついた。遠いものは馬にのってかけつけた。

中心人物のエラズマス・ダーウィン（一七三一〜一八〇二）は進化論のチャールズ・ダーウィン（一八〇九〜八二）の祖父で名医。国王から侍医《じい》にと乞われて「患者が一人では退屈」と言って辞退した変人だ。集まったのは、化学者、技術者、牧師など多士済々《たしせいせい》で談論風発《だんろんふうはつ》、その中から、酸素の発見（プリーストリー）、蒸気機関の改良（ワット）など、産業革命をひっぱった業績がいくつも生まれたと言われる。

月光会のもっとも大きな特色はメンバーの専門がみな違うということである。同類では創造的になりにくいのである。大学の学科教員のたまり場コモンルームはつまらぬ話ばかりである。互いに牽制《けんせい》し合っているのであろう。世間話に流れたりする。まわりのほかの人がみんな素人だと思うと、気が軽くなり、発想も自由になって、談論風発となる。めいめい調子にのってそれまで考えたこともないようなことが、ハズミで飛び出したりする。月光会もそんな風であったろうと思われる。創造の泉といってよい。

〝トリなき里のコウモリ〟というが、コウモリにとって恐ろしいのはコウモリである。異類のトリなど無視できるが、同類には遠慮がいる。のびのびできないで萎《い》縮《しゅく》する。類をもって集まるのは愚かである。トリなら勝手なことを言って煙《けむ》に巻くこともできるが、仲間のコウモリはすきがあれば刺そうとするから危険だ。人間は自分よりすぐれたものが仲間にいると思うだけで元気をなくする。賢者を友とするのは賢明でないことになる。

お山の大将には手下の及びもつかない智恵がある。もともとあったのではなく、お山の大将になって初めて出る智恵である。〝鶏口《けいこう》となるも牛後《ぎゅうご》となるなかれ〟まさに至言《しげん》である。

二十世紀初頭、アメリカの名門ハーヴァード大学は悩みを抱えていた。もうひとつすぐれた研究者が育たないのである。一九〇九年、総長になったロレンス・ローウェルは英才を育てるための研究会を創設した。専門を異にするフェロー（特別研究生）を集めて、週一回、ランチョン・パーティ（昼食会）兼研究発表会を開く。総長のポケットマネーで高額なワインが出て和やかな会であったらしい。専門が違うもの同士だから発想の翼をのびのび広げることができた。

十年もすると、このハーヴァード・フェローの中からノーベル賞級の学者、研究者が輩出して、大学と総長の名を高めることになった。

少し話が違うが、ロータリー・クラブにも同類を避ける智恵がみられる。ロータリー・クラブの各地の支部では、一業種に一人しかメンバーになれない。同業者がいては楽しくない、創造的になることが難しいという洞察は貴重である。世界的に注目される活動の源泉であろう。一業種一人ならめいめい〝トリなき里のコウモリ〟、お山の大将になれる。月々の例会に万障《ばんしょう》繰り合わせて出席しようとなる。同好会などではそうはいかない。専門の学界へ出席するのは気が重い。

戦後のアメリカでブレイン・ストーミングが流行した。技術的な新しいアイデアを生み出すとして注目された。もとは軍用技術で、敵を奇襲する有効な方法を考え出すグループ思考であった。常識を超えて普通は想像もつかない奇策を得るには尋《じん》常《じょう》な手ではおぼつかない。みんなでアイデアを競って出し合う。

戦後、これをもとに、アイデアの神様といわれたアレックス・オズボーン（広告業）が民生用に転換、ブレイン・ストーミング技法にしたのである。

具体的に言うと、まず、課題、目標を設定する。数人のメンバーを集める。ほかにチェアマンと記録係が加わる。メンバーはどんな思いつきでも言ってよい。発言は記録される。前に同じ考えがあれば後のものは無効になる。他のものが言ったことを批判したり、反対したりすることは許されない。ある時間たつと、誰からもアイデアが出なくなるが、そこで諦めない。無理をして考えていると思いがけない名案が飛び出す。それは奇想天外であることが多く、独創的である。

アメリカではひところもてはやされて人気だったが、それを真似たわが国での成績はパッとしないまま、いまは半ば忘れられようとしている。日本人は知的協同ということが得意でないのかもしれない。ひとり黙考するのを好む。

さきに紹介した月光会のあった十八世紀後半のイギリスにおもしろい会合があちらこちらにいくつもあった。当時のロンドンはコーヒー店が大流行で、数百もの喫茶店があった。そのうちの有力な店で文人、芸術家などが常連となって、談論を楽しむ風俗が生まれた。クラブである。文壇の大御所といわれたドクター・ジョンソンが中心となったクラブは有名である。作品のインスピレーションをもらった文学者も少なくなかった。クラブは社交の場としても重視されるようになり、喫茶店から離れて独立のクラブ・ハウスを構えるものが続出。イギリス上流・中流の文化を生み出した。

畑違いの人間が集まり、談論風発すれば、おのずから創造の温床《おんしょう》となる。

創作的翻訳

「日本にはシェイクスピアと肩をならべるエライ翻訳者がいるらしい。訳者の名の方が作者より大きい」

そう言って笑ったのはオックスフォード大学出版局（ＯＵＰ）副社長というふれ込みの紳士である。市場調査が目的だというが植民地まわりをしていたせいか、感じがよくない。私は語学出版社の嘱託《しょくたく》だったが、厄介《やっかい》な客の相手に駆り出されたのである。どうでもいいが誤解は正しておかなくてはいけない。

「訳者名が大きく見えるのは貴君の錯覚、字画の多い漢字はなれない目には大きく見えるのです。訳者がいばっているわけではない……」

副社長が言う。イギリスでは翻訳は大学院の学生がする、原稿は買い切り、表に名の出ないことが多い、日本の翻訳者が印税をもらうのは驚きだ、などとまくし立てる。英語の会話が好きでないから、翻訳論はしたくない。勝手に考えたらいい。

ただ、翻訳など大したことではないというこの紳士の考えには、そのころの私は共鳴するところが多かった。翻訳は第一級の仕事ではないと思っていて、自分でしてみようと考えたこともなかった。世に翻訳書は山ほどあるけれども、運が悪いせいか心にしみるのに出合わない。世界的名作、名著はたいてい訳されているが、こんなわかりにくいのがどうして流布するのかわからない。

だいいち翻訳の日本語はどこかねじれ、ゆがんでいるように思われる。それは明治からのことではなく大正期以降の現象であるという仮説を立て、その理由を考えた。

大正デモクラシーは多くの翻訳教養書を必要としたが、熟練の語学者が少なかったし、すぐれた日本語散文の書き手はもっと少なかった。本当によく理解できていない原典を日本語の修業のできていない人間が訳出するとすれば結果はわかっている。翻訳調の非日本語的文章が氾濫。総合雑誌には誰にもわからない論文が巻頭を飾る。それを読んで感心する読者もあったのである。近代日本語を混濁《こんだく》させた一半の責任は翻訳にありとしなくてはならない。知的創造に不向きなことばになったのも翻訳の間接的影響である。

いけないのは原文忠実という翻訳方針である。原文の内容をなるべく正しく伝えるのは訳者にとって当然の義務であるが、日本語とヨーロッパ語の間では、これが容易ではない。それにもともと日本人は翻訳が得意でないのかもしれない。大昔、中国から漢文化が渡来したとき、当然、翻訳が行われるべきだったのに、それを避け、原文そのままを受け入れて、返り点をつけて読むという奇想天外なことをやってのけた。

それは昔々のはなし、と言っていられない。明治初年、英語を読むときに、漢文の返り点そっくりのことを試みた時期があった。さすがにこれは失敗に帰《き》したが、その精神は消えることなく、翻訳のルール化の努力は英文解釈法というシステムの誕生を見ることになった。この英文解釈法こそ日本の近代化の過程で生まれた刮目《かつもく》すべき発明であった。一般に見る目がないため、受験参考書の一種と見なされるようになったのは不幸であった。

原文忠実というりっぱな方針が、難解な訳文を生み出すことになったのには、訳者の事情があった。大正期以降の翻訳者の多くが、大学、高等専門学校（旧制）の教師であった。わけのわからない訳文は構わないが、誤訳を指摘されると本業に差し支える。悪文はコワクないが、誤訳はおそろしい。そういう小心な語学者たちが、原文忠実をかっこうの守り神にしたのである。

読者にも責任がある。どうしてわからないならわからない、と声をあげなかったのか。理解できないのは自分の知識、学力が貧弱だからであろうと恐縮する読者がおびただしい。悪文をありがたがって読んでいるうちに日本の知識人の頭脳はかなり大きな損傷を受けたように思われる。原文忠実を信奉して精神は独創を忘れる。模倣を事としていれば、自らの知的個性が確立するのは難しい。翻訳とは知的独立にとって有害であることがわかる。

翻訳文化が意識しないで犯したことのひとつに読者の軽視がある。著者は権威をもっているのに対して読者は無冠の存在である。訳者は原著者に向かって読者に背を向けていることを自覚しない。だからこそ、ことばと言えないことばを使う。およそコミュニケーションは話者と聴者、作者と読者の間において成立するはずである。啓蒙初期の社会においてはしばしばこの自明の理が見失われて、送り手の独り芝居になるきらいがある。

わが国の翻訳文化はなおこの初期啓蒙期を脱しているとは言えない。翻訳は本来、まず読者のためのものでなくてはならない。訳者がそれに気づかないのは、つまり、知的に未熟だということである。

文化的先進社会は、翻訳を重視しない。学生のアルバイトみたいに見なされるのである。さもなければ、模造ではなく新しい作品の創作のような仕事になる。そういう創作的翻訳の典型がアーサー・ウェーリー（英国の東洋学者＝一八八九〜一九六六）の『源氏物語』訳である。ウェーリーは世界の読者に向けて日本の古典を訳したのである。もちろん原作への敬意ははっきりしているが、安易な原文忠実などという呪文《じゅもん》にとらわれるほど愚かではなかった。まず読者のためを考える。

いくら苦心努力しても和歌を西欧の読者にわかってもらうことは不可能だと判断すると、和歌を一切、割愛《かつあい》するという思い切った手を打った。イタリアのことわざに「翻訳者は謀叛《むほん》者（Traduttore, traditore）」というのがあるが、ウェーリーは読者のためにあえて原作を裏切った、ということができる。

果たせるかな日本の国文学者たちは猛烈に反発した。原作の冒瀆《ぼうとく》である、翻訳だなどと僭称《せんしょう》するなという声が圧倒的であった。その中にあっていち早く正宗白鳥《まさむねはくちょう》（小説家＝一八七九〜一九六二）がこの英訳を高く評価したのはさすがの見識であった。狭い文学観にとらわれている学者たちに翻訳を論ずる資格はない。

アーサー・ウェーリーは『源氏物語』を訳した功によって二度にわたり日本から公式に招聘《しょうへい》を受けたが、二度とも辞退している。〈わたしの愛するのは千年昔の日本、現実の日本に触れれば美しい夢が破られる〉といった理由であったと伝えられるが、案外、国文学者たちの批判を気にしていたのかもしれない。ウェーリー訳『源氏物語』は翻訳というより創作だったと考えるべきかもしれないが、成熟した文化社会ではむしろ当然のことで、とくに創作的と言う必要はないのかもしれない。

原文忠実の伝統にいつまでもとらわれていた日本の翻訳界ではアーサー・ウェーリーのような仕事はのぞむべくもないが、早いところでは上田敏《びん》（翻訳家・詩人＝一八七四〜一九一六）の『海潮音《かいちょうおん》』が注目される。翻訳を忘れることができる。「山のあなたの空遠く　『幸』住むと人のいふ」などは広く人口に膾炙《かいしゃ》した。原作のカール・ブッセ（ドイツの詩人＝一八七二～一九一八）が本国ではあまり高く評価されなかっただけに、創作的翻訳としてよいだろう。森鷗外の『即興詩人』（一九〇二）も翻訳であることを忘れて読まれる労作である。やはり原作者のアンデルセン（詩人・作家＝一八〇五～七五）は自国において日本におけるほど高く評価されていなかったといわれる。『即興詩人』は鷗外の創作に近い訳だったのである。

戦前、アメリカのマーガレット・ミッチェル（一九〇〇～四九）の『風と共に去りぬ』（大久保康雄訳）は恐らくわが国の翻訳では空前の大ベストセラーだったが、いわゆる海賊出版であった。原文忠実を離れるのに好都合であったと思われ、〝読みやすさ〟が評判であった。戦後のアメリカ文学研究者がその誤訳を指摘して得意になったけれども、大久保訳は名訳だった。創作的翻訳とし再評価されなくてはならないだろう。

近年、〝超訳〟というのが現れている。なにが〝超〟なのかはっきりしないが、創作的翻訳に近いものだと勝手に解釈して関心をもち、好意をいだいている。新しい翻訳の時代が始まっているのなら喜ばしい。

スポーツの発明

「目的のないことはしたくありません。散歩などする人の気がしれませんね」

散歩を趣味のようにしている人間を前にしてこんなことが言えるのは普通の神経ではない。もと公立高校の校長をしていただけあって、言うことに屈伸《くっしん》がない。おかげで一座は白けた。この元教師、せっせと絵を描いているが、目的はあるのだろうか。やりこめられた散歩家は内攻《ないこう》したとか。

新刊のあるエッセイ集を読む。やはり散歩が好きでないらしく、ただ歩くのはつまらない。買いものや外出と兼ねて歩くのは気がきいている。現にそうしていると著者のエッセイストは得意である。

もともと日本人は散歩など考えたこともなかった。ゆとりの乏しい暮らし向きで馬車馬のようにはたらいた。馬は散歩を考えない。昔の人はよく歩いたが、歩かなくてはならなかったから歩いたのである。好きで歩くなど考えることもなかった。明治になって、イギリス人が歩いてみせたが、散歩を認めるようになるのに手間どった。だいいち英語のウォーキングやウォークに当たる適訳がいまだにない。一応、〝散歩〟と言っているが、しっくりしない感じをいだく人は少なくない。散歩にはブラブラしているイメージがつきまとう。

あるとき、ある人が家を新築して移り住んだ。当主は大学の教師で気が向くと朝のうちでも散歩した。しばらくすると奥さんが近所の人から妙な挨拶を受けた。「たいへんですね、お引っ越し早々で……」、思い当たることがなく夫婦で不思議がっていて、やっとわけがわかった。主人がブラブラしているのは失職したからだと、近所で同情していたのである。東京の都心での話である。まっとうな人間は昼日中からそぞろ歩きなどするわけがないというのが世間の常識である。

そういう世の中が散歩を認知するようになったのは、健康のための散歩が推奨され始めてからである。運動不足が生活習慣病の遠因になると医師が教えた。健康のためという名目をつけてもらってようやく散歩を許容したといってもよいが、なお、さきの元校長やエッセイストのような懐疑派は少なくない。「衣食足りて礼節を知る」と言うけれども、散歩はなお半分礼節ではない。

〝運動〟（競技）を意味する英語の athletics（アスレティックス）の語源はギリシャ語であるから、運動の考えはすでにギリシャにあったと考えられるが、二五〇〇年も昔のことでよくわからない。近代オリンピックのもとマラソンは戦勝を伝える飛《ひ》脚《きゃく》であって、スポーツや運動とは別である。

実際的目的を考えない身体運動が生まれたのは十九世紀のイギリスである。それまでイギリスの貴族がキツネ狩りなどをスポーツと称していたのを運動競技に切りかえて、サッカー、クリケット、ボートなどを学校教育の中に入れた。イギリスの誇るジェントルマンは、スポーツをしなければなれない。産業革命で〝衣食足りた〟イギリスの上・中流階級は礼節としてのスポーツを知ったというわけである。この点でイギリスは世界をリードした。いまオリンピックの主要種目でイギリス生まれのものが少なくないのは偶然ではない。

日本はイギリスをお手本にして近代化したが、どうしたわけか、教育や文化においてはイギリスより一歩遅れていたドイツを範《はん》とするところが多い。そのためもあって、学校スポーツの発達が充分でなくて、勉強一点張りが理想のように考えられてきた。夏の甲子園での高校野球の開会式の選手宣誓で「スポーツマンシップの精神にのっとり正々堂々……」などとやるが、スポーツマンシップを解するものははなはだ少ない。はっきり言ってスポーツ後進国である。少なくとも多くの人がスポーツの価値に目覚めていない。

スポーツは自らが行ってそれほどおもしろいとは限らないが、見ていると楽しい。する人より見たがる人の方が多い。見せものになる、というところに目をつけたのがアメリカで、プロ・スポーツというビジネスが始まった。スポーツはひらたく言えば平和なケンカである。ケンカはしたくないが、ケンカを高みの見物するのは気晴らしになるという人が見物におしかける。ビジネスチャンスをとらえたのはやはり才能であった。

何しろカネの力は強大で、多くのスポーツがプロにとりこまれた。アマチュア・

スポーツの本山と目されていたオリンピックまでプロ化してきたが、おかしいと考えるのは少数派である。日本もプロに弱く、戦前にプロ野球が生まれ、戦後のアメリカ化の中で、大勢力となった。ひところ将来なにになりたいか、と聞かれた小学生男子の多くがプロ野球選手と答えたものである。

カネのためにするのは本来スポーツではないはずだが、世の中は理屈はどうあれ、欲望を満たしてくれるものは価値があると考える。近年は〝元気をもらう〟などと言って喜んでいるファンが増えた。

アマチュア・スポーツの関係者にはプロ・スポーツを毛嫌いする潔癖家もいるが、目的をもった運動が経済的価値をもつことを発見した功績は認めるのがフェアである。

これまでの多くのスポーツが、競技を基軸にしていることを忘れてはいけない。競技とはルールのあるケンカだからおもしろい。カネのためのスポーツがいやだったら、カネにならない、競争のできないスポーツを発明すべきである。

もうひとつ、プロ・スポーツは健康によいとは限らない点も考慮しなくてはならない。スポーツの選手は一般の人間より健康で長生きするとは保証されていない。

オリンピックまでマンモン（富の神）の軍門に降《くだ》ろうとしているとき、純正スポーツを振興させることは緊急な課題であるが、おいそれと新種目が現れるとは考えられない。

いっそのこと、いまは放置されているエクササイズ、運動をスポーツに昇格させるのが、現実的である。

その候補筆頭が散歩である。はじめの例のように散歩を解しかねている識者があるというのはこの際、むしろ好都合である。

散歩は平和である。ケンカはできないから、見せ物にされる心配はない。時間があれば、誰でも、いつでも、どこでもできる。用具は不要。仲間があってもよく、なくても構わない。自由ということからすればひとり歩きが最高である。とくにルールをこしらえたりするには及ばない。目的のない散歩にいち早く開眼《かいがん》したのはヨーロッパの哲学者たちであろうが、カントなどにはスポーツとしての自覚があったとは思われない。二十一世紀のわれわれがスポーツとしての散歩を発見、発明したということができる。

散歩にコマーシャル価値はないが、心身健全化の作用はすでに認められている。いくら体のためになると言ってもプロ化する心配のないところが散歩の取柄である。メタボリック症候群予防を目的に医師のすすめる散歩はセミ・プロ的である。散歩愛好者は〝歩く喜びのために歩く〟スポーツ精神に徹したい。

純正スポーツとしての散歩を発明しただけで悦に入っているのは幼いと言わなければならない。同じように手も、口も、耳目、そして頭脳も動くところはみな運動させてやらないといけない。

一例として口の散歩について述べる。口はものを食べるため、ことばを発するための器官であるが、そういう実際目的からはなれて口を動かせば、スポーツになる。どうするのだ、などというほどのことはない。大きな声でおしゃべりすればよい。話の内容は問題ではない。口の散歩である。これには歩く散歩に劣らない運動量がある。教師、僧侶など声を出す職業は口の散歩によって健康を増進することができる。同じように、頭、手、耳目の散歩も可能で、それを発明するのは小さいながら文化貢献である。

比喩も発明

「野上弥生子《やえこ》さんが文章について言っていることですがね……」

福原麟太郎《りんたろう》先生（英文学者）がゆっくりした調子で話し出された。仕事のことでお宅へ伺い、用がすんでお茶をいただいていたときである。

「文章は描写でないといけない。比喩《ひゆ》に逃げるのはよくないと言うのです」

そのころ私はその野上女史の小説を読んだことがなく、まったく未知の作家であったけれども、なんとなくえらそうなことを言うものだと思ったが、先生の前だから、神妙にしていた。

そのときはわからなかったが、あとで、あれは先生が間接的に私の書く文章を批判、注意されようとしたのであろう、とわかった。私の文章はひどく比喩的であったのである。

私は学校を出てから十年ほど、何ひとつ書くことができず、ひとり苦しんだ。まわりは見限っていたらしい。それでいて私はれっきとした月刊雑誌をひとりで編集していたのだからおかしい。埋め草原稿にさんざん苦労して、長い原稿を書くのがこわかったのである。もうひとつは、自分の考え方というものが定まっていなかった。ひとの書いたものの尻馬にのったようなことはしたくないという気位はあるが、オリジナルなことを書く心構えがなかった。

そういう時期のあと、ちょっとしたきっかけがあって、ものを書き出した。書いてみると、案じていたのがおかしいくらい、どんどん書ける。

半分、自分でも我を忘れて書きまくった。

その文章が比喩的であった。比喩を使うと、我ながら妙だと思うようなことが出てくる。いい気になっていた。福原先生はそれを心配して、はじめのようなことを言われたのである。

比喩の方法を知ったのは中学生のときである。国語の教科書に吉村冬彦（寺田寅彦）の「科学者とあたま」というエッセイがあった。文章は考え方によっておもしろくなることを知って不思議な感銘を受けた。中学生の頭では逆説は比喩的な方法によって通りがよくなる、などということはわからなかったが、「あたまの悪い人」が「あたまの良い人」以上の立派な仕事をすることができる、ということをわかりやすく伝えるには比喩の方法は必然的である。足ののろい、描写などでは逆立ちしても表現できまい。

事は文章の問題を超える。思考というもののはたらきである。存在するもの、存在したものは描写できる。実在しない心の中のものごとは写生することができない。仮説によって〝見つける〟ほかない。未知をとらえるには比喩はもっとも古くからある方法である。

古典的修辞学も、比喩やたとえを重視しているが、描写などは問題にもされていない。そもそも、考えとかアイデアを写生・描写することはできない。ほかのものの力をかりて暗示するほかはない。近代は、不当に比喩をおとしめてきたように思われるのである。比喩は発明のもっとも安全な近道である。

ながいこと気にかかっていたことがあった。それがいつまでもわからないのが、文章を書く気力の出なかったひとつの理由であった。

日本語では気づきにくいことだが、一語一語、分かち書きをする英語で、読みとった意味が切れ切れにならないで、ひと連なりになっているのはどうしてであろうか。動かないことばが流れのある意味になるのも不思議であったが、こちらは、読む人間の目の動きが移入するのだとして、解決したことにする。

ところがはなればなれになっている語が、切れ目の感じられない意味の流れになるメカニズムが、どうしてもわからなかった。

ある日、バスを降りて郊外の道を歩いていると、遠くから風にのって琴の音が聞こえてきた。そのころ琴をひく真似のようなことをしていたので耳を傾けた。ひいているときはひとつひとつ切れた音であるが、こうして遠くで聞くとなだらかな音の流れである。切れ目はどうした、などと考えるまでもなく、前音の残響が次の音にかぶさって、空白を埋めているのだとわかった。

そこでふと、映画のフィルムのことが頭に浮かんだ。フィルムの一コマ一コマは切れている。切れ目は空白である。一定のスピードでこのフィルムを映写すると切れ目の空白は消え静画が動画と感じられる。ことばの語と語も切れていて、しかも読むとつながって、動く意味になるのも、この映画のフィルムに通じるところがあるのかもしれない。いや同じである。

そう考えて少し興奮したことを五十年以上たったいまも鮮やかに覚えている。映画のフィルムの切れ目をふさいでいるのは残像である。ことばにもよく似た作用、生理学的、心理学的作用がはたらいている。そう考えて、これに〝修辞的残像〟という名をつけた。

アナロジー（類推）による解決である。比喩の方法である。いくら写実・描写が文章の大道であるとしても、姿の見えないものを表現することはできない。心の問題を考えるときには、描写はほとんど無力で、比喩に頼らざるを得ない。

キリスト教の聖書はパラブル（Parable）に満ちている。寓話《ぐうわ》であり、たとえ話である。パラブルという語自体が「比喩」という意味をふくんでいる。心の問題をわかりやすく伝えるにはたとえ話が有効であるというのは発見であった。それが、詩的含蓄《がんちく》を帯びるのは不思議ではない。

「啐啄《そつたく》の機《き》」ということばがある。禅のことばである。〝かけがえのない好機〟の意味で使われる。比喩である。孵化《ふか》しようとしている卵を親鳥が外からつつくのが「啄」。それを中から殻を破ろうとするのが「啐」である。

両者の呼吸がピタリと合ってヒナは生まれる。絶対的タイミングである。もし親鳥のつつきが早すぎれば卵はまだその準備ができていなくて、死んでしまう。逆に遅すぎればヒナは殻の中で窒息《ちつそく》する。ヒナが中からつつく「啐」と親鳥の外からつつく「啄」とが一致しないとヒナは生まれない。

これは鳥のことであるが、人事の比喩として用いられてこの語は古来、有名である。

師が弟子に大事なことを教えようとしているとき、師が早まって教えると弟子の方は受け入れる準備ができていなくて失敗する。逆に弟子が早まって教えを求めても師にそのそなえがなくては、やはり不首尾《ふしゆび》になる。

教える側、教わる側のタイミングが大切だ、というのが「啐啄の機」の意味である。比喩がおもしろいのである。普通の文章でも表せないことはないが、こういうたとえで言い表す方が、ずっと印象が深い。

一般に抽象的なことをことばで表すのは容易ではない。かりに表現しても、ほかの人にはよくわからない。

そういうときに比喩が助けてくれる。比喩は描写ほど対象に近くないから、正確さに欠けるところがあるが、全体の姿を見せてくれる点は独特である。きわめて古い時代において確立した表現方法である。散文で対象をあるがままに描き出そうというのは、ずっと後に現れた技法である。それだけに弱いところがある。比喩をバカにするのは誤りである。

もちろん数学も比喩を忘れていない。比例である。〔a：b＝c：x〕のxを解くのが比例である。つまり未知をとらえるのが比喩である。〔c：x〕を解くには、それとパラレルな〔a：b〕を見つければよい。数学では比較的に簡単な問題である。ほとんど例外なく、解明されるけれども、ことばに関しては事はそれほど単純ではない。

比喩は安易な技法ではなく本質は詩的発見である。現代、むしろ比喩は衰弱しているかもしれない。

命名の妙

ひところ、町村合併というのがうるさかった。国が小さな自治体を整理統合しようという。昔からの地名を大事にしたい人も助成金みたいなものに目がくらんで合併に賛成したのである。

そのなかで、まとまらなかったケースも少なからずあったが、その理由に新しく生まれる市の名前が決まらなかったというのが意外に多い。旧地名をそのままに周辺の村や町をとり込むのは吸収合併、まわりが少しでも主体性をもちたいと考えれば新しい名前を考えなくてはならなくなる。地域のしがらみをひきずっている関係者がいくら話し合ってみても名案の出るはずがない。名なしの新しい市をつくるわけにはいかないから合併はお流れとなる、そういう例が方々《ほうぼう》にあった。

これはさきの町村合併よりずっと前のこと、戦後間もなく、東京の区を合併して新たに二十三区となるとき、やはり新区名でもめた。もっとも有名なのが上野のある入谷区と観音さんのある浅草区。どちらも譲らず、ついに台東区という妙ちきりんな名に落ち着いた。そして、上野も浅草も仲よく盛り場として落ち目になる。

東北新幹線の起点が上野になる前に東北六県の人々に上野が何区にあるか知る人がほとんどなく、台東区民をおどろかせた。台東の台は上野の山であり、浅草はその東にあるから台東になるということを知る人は東京にだってめったにない。

名は体を表すというが、無理な名をつければ、その土地にかかわる。

旧ソ連は大都市の名前をコロコロ変えるといってほかの国からヒンシュクを買ったが、日本も名前を粗末にする点では負けない。

企業が長年売りこんできた社名を惜し気もなく捨てて新社名で名乗りをあげ、一般をおどろかせた。東洋レーヨンは、略称《りやくしよう》の東レを社名にしたのはまだしも、銀行がいくつも改名し、りそなを名乗る銀行まで出現した。当の行員でも明快に説明できない。

それよりも目をひくのはカタカナ名の企業の急増である。それまでは企業名にカタカナを使う習慣がなかったので、これは新しい命名の発明といってよかった。初期のコンピュータがカタカナしか打ち出せなかった間に、カタカナに新しい魅力ができたもののようで、それを目ざとくとらえたのが新興企業だったというわけである。

漢字は意味をもっている。その意味が古くさいニュアンスを帯びるようになれば、捨ててカタカナをとるということになる。

企業名の変化はそれにとどまらずアルファベットを名乗るところが増えた。元祖はＮＨＫとＮＴＴ。このＮＴＴが株式公開、何十万もの株主ができたころから、アルファベット企業が相ついだ。

カタカナ名も意味不明なところが取柄だが、アルファベット名はいっそうわけがわからない。ＪＲは日常語になったが、Ｊ、Ｒが何の略か正確にわかっている人は五人に一人いるかいないか。この耳ざわりな音の名前でＪＲはどれほど損をしているかわからない。JXという大会社があるが、Xというのは、何をしているか知られたくないのだろう。なかなか思い切った名前だ。

かつての地名、企業名がほとんどすべて漢字であったのは、目で見るのに合わせていたのである。漢字なら一目でわかる名前が、カタカナだと一字ずつ拾い読みしなくてはならない。耳できくと感じやイメージがわきにくい、カナならわかりやすい利点がある。口で言うことが多くなると漢字の名は通じにくい。カタカナの企業名が増えた背景には、電話の多用と関係がありそうである。

日本人が、とくにサラリーマンが名刺を手ばなさない。口で名前や会社の名前を伝えることが難しいのである。外国の真似をして名刺をやめようとした人たちの増えた時期もあったが、いまは昔。漢字名を全廃しない限り名刺はすべての人々に必要である。外国の真似をするのは見当が外れている。

固有名詞、名前と言えば、まず人の名、人名である。人名は、姓と名に分かれていて、姓は保守的で変わらない。大昔からの流れをひいている名字がいまだに少なくないが、近世になってすべての人が名字をつけるようになり、勝手に名家の名を頂戴したものがあって、かならずしも伝統的とは言えない。

そこへいくと名の方は流行を反映する。昭という字が入っていれば、昭和元年、二年生まれと見当がつくし、靖の字があれば戦時中の生まれとわかる。眞知子さんは、NHKラジオの人気番組「君の名は」が人気だったころに生まれたと見てよい。真知子はドラマのヒロインである。皇太子殿下のご成婚によって妃殿下となられた美智子さまにあやかる同名の女の子がどれくらいあるか知れない。

そういう流行とは別に、戦後、日本の女子の名にたいへん大きな変化が起こったのに注意する人が少ないのは不思議である。ヤマトナデシコのイメージにかかわるかもしれない新しいセンスである。

日本の女子名は伝統的に小さく、か細い感じの音を組み合わせて作ってきた。五十音順のイ列、つまり、イキシチニヒミリと、ウ列、つまり、ウクスツヌフムユルの音が基準である。たとえば、キミコ、ユキコ、フミコ、スミコ、クミコ、ルミコなどなどである。

いずれも口を小さく、奥の方で発音するから、可憐《かれん》でゆかしく奥深い感じになる。

かつて日本人の名の代表のように言われたのが、太郎と花子である。太郎はともかく、花子さんは戦前それほど多くはなかったのは、ハナコ（hanako）と口を大きく開くaが二つもある。それで敬遠されたのである。五十音のア列、アカサタナハマヤラワは大きく明るいものを暗示するからである。

五十年近く前になるだろうか。女の子の名に大変化が起こった。それまで遠ざけられていたア列音が人気を集めるようになったのである。サヤカはその代表である。すべてア列音である。アヤ、カナ、マヤ、サヤカなどコンビネーションは豊富である。仮名でなく漢字を当てるのも人気がある。

これは女性の好ましいイメージの転換を暗示する。のびのびと明るく、大らかな女性を表す名には、ア列音の組み合わせがよいというのは音声学の理にもかなっている。それを最初に見つけたのは、ちょっとした発見であったが、その名を留めることをしない。庶民の智恵である。

女性にひきかえ男の名はいかにも変化に乏しいようである。だいいち、漢字の音によって命名している。健太、翔平、哲也などはいかにも常識的である。ありふれた、といえば一郎が意外に多い。太郎よりも多いだろう。

笑い話だが、息子を政治家にしたい親が好んで一郎、太郎の名をつける、という。

投票のときに字画の多い名は不利だと考えてつける名だという。実際、二世、三世の政治家に一郎、太郎が多い。女性の名が美学的であるとするなら、男子の名は実利的なことがあるのは是非もない。男女七歳にして席を同じうせず、と昔の人は言ったが、音本位の名をもらう女子と意味本位の名付けをされる男子とは、生まれたときから別の世界にいる。

名は体を表すかどうかはわからないが、名が人生に何がしかの影を落とすと考えるのは荒唐無稽ではない。それをおしすすめていくと姓名判断が出てくる。

友人の森一郎はいまは故人だが、かつて自分の名は天下一品だと自慢した。アララギ派の歌を作ったが、学業は天下一品とはいきかねた。ところが、五十歳を超えてから英語の受験参考書を書いた。それがまたたくまに大ベストセラーとなり一世を風靡《ふうび》した。何冊かのシリーズで三千万部だかを売った。友人たちも姓名判断を信ずるようになった。大阪の姓名判断の大家の予言は当たった。彼の父親がどういうつもりで一郎の名をつけたかわからないが……。

第2部

ことばの旅

訳せぬ「であろう」？

日本人科学者の書く論文に、「であろう」で終わるセンテンスがよく出てくる。これは英語には翻訳できない——。

かつて、京都大学で日本の物理学者の論文を英訳していたL・A・レゲットというイギリス人が、日本物理学会の学会誌に、「訳せぬ〝であろう〟」というエッセイを載《の》せた。

物理学者がびっくりしたばかりではなく、伝え聞いたほかの分野の研究者たちも、恐れをなして「であろう」を自粛《じしゅく》するようになった。それを改善だと喜ぶ向きもあった。

日本人が外国人の言うことに弱いのは、いまに始まったことではないが、おかしなことを言われても恐縮するのは、どうかと思われる。

いくら日本語ができるといっても外国人。ことばのニュアンスがわからなくても責められない。だが、その尻馬に乗って得意がるというのはいただけない。「であろう」は、根拠のはっきりしない、自信のもてないことを述べる推量に用いられるのが一般であるけれども、それだけにはとどまらない。「AはBである」と決めつけるのは、いかにも高飛車《たかびしゃ》で威張っている感じになることがある。それをやわらげるのが「であろう」で、心は「である」と変わるところがない。

そういう「であろう」については国語の辞書も注意していないが、「であろう」は「である」と解すべきことが少なくない。「である」は論理的、「であろう」は心理的だが、意味の上では交換可能であるという語感を、かつては自然科学者も共有していたのである。心理に弱い外国人が戸惑うのは多少同情してよいかもしれない。

断定をはばかる気持ちは、日本人に限らない。モンテーニュ（フランスの思想家＝一五三三〜九二）も『エッセ』の中で云う。

「私は本当らしい事柄でも、人から絶対に正しいものとして押しつけられると、それがいやになる。……性急な陳述《ちんじゅつ》をやわらげ中和するような言葉、すなわち〝おそらく〟〝幾分〟〝だそうだ〟のような言葉が好きだ」

モンテーニュなら、「であろう」を訳すのに苦労することはなかったに違いない。

日本文で「であろう」が好まれるわけが実はもうひとつある。

日本語ではセンテンスのほとんどが動詞で終わるために、どうしても文末が単調平板になりやすい。うっかりしなくても、「である」「であった」の羅列《られつ》になりかねないのが悩みである。同じことばが繰り返されてはおもしろくないのはどこの国のことばでも同じ。英語でも、said（言った）を反覆《はんぷく》しないために人知れぬ苦心をしている。

論文なら「である」が立て続けに現れることになるけれども、できればそれを避けたいと思うのは当然である。「であろう」とすれば、変化がつけられて、「である」のヴァリエーションになる。

「私」の問題

かつてアメリカの雑誌「タイム」が日本文化の大特集をしたことがある。当然、ことばも論じられている。「タイム」がまずいちばんびっくりしたのは、日本語の第一人称である。

どの国でも第一人称はひとつに決まっている。しかるに日本語には、わたくし、わたし、ぼく、おれ、自分、わが輩《はい》など、いくつもある。つれて、第二人称も、きみ、あなた、お前などさまざまである。

もっとおかしいことに、そんなにいろいろあるのに、使わないのだという。

それだけが理由ではないが、日本語のことを〝悪魔の言語〟だと決めつけ、見出しにもそれをつけた。

〝悪魔の言語〟は「タイム」の発明ではなくて、その昔、フランシスコ・ザビエルが日本のことばに面喰らってローマへの報告の中で用いたものである。

〝言霊《ことだま》の幸《さき》ふ《は》国〟のことばをよくもけなしてくれたものだ。そういって腹を立てる日本人がいなかったのは、愛国心が足りないためではなく、母国語を大切に思う心に欠けていたのだ。

「タイム」の記事はロクにことばについて考えたことのない、まして日本語にはまるで無知な人の書いたものだろう。

日本語に「私」に当たることばがいくつもあるのは、それだけ進化、複雑になっているからである。

南国、雪の降らないところでは雪を表す語はひとつあれば足りる。ところが雪の多い地方だといろいろの名の雪が降る。海から遠い内陸、山岳地帯では海の色など問題にならないが、海にかこまれた島の人たちはさまざまな海の色を知っている。文化に応じてことばは密になったり疎《そ》になったりする。

微妙な人間関係に敏感な日本人は相手によって、場合によって〝私〟を使い分ける。まっとうな人間なら、晴れ着、よそ行き、普段着ぐらいはもっている。アメリカなら大統領もホームレスも仲よく〝I〟ひとつの着た切りスズメである。どちらがいい、悪いではないが、衣装がたくさんあるからといって、着た切りスズメから悪魔よばわりされてはたまらない。

外国の戯曲の翻訳をしている人が、第一人称、第二人称をどういう日本語にするかで、ずいぶん頭を使う、という。ぼく、きみとすれば、それで両者の関係が決まってしまう。目上の人に、ぼくやきみは使えないが、原文はいつも〝I〟と〝You〟だから、よほど作品全体をよく読んでからでないと、訳し始められない……。人称はどれだけ伏せられるか。

I love you.

を「わたしはあなたを愛します」とするのは中学生の英語。第一人称を落とし「あなたを愛します」は少し日本語に近くなるが、「愛しています」ならもっとこなれた感じになる。だいたい愛というのがバタくさい。「好きです」の方がすっきりする。いっそ「月がきれいですね」ならそれこそ気がきいている。

日本語はもともと第一人称を出さなくても文章が書ける。英語でも命令文や日記に〝I〟はないが、日本人は日記の中で自分を出さなくてはならないときは苦労する。

手許の文学全集で諸家の自称の用例を見ると、漱石（自分）、鷗外（余／予）、久保田万太郎（私／ぼく）、志賀直哉（自分）、若山牧水《ぼくすい》は、見た限り一度も現れない。それぞれ苦心の選択に違いない。

「われ思う、ゆえにわれあり」（デカルト）と「旅に病《やん》で夢は枯野《かれの》をかけ廻《めぐ》る」（芭蕉）や「何事のおはしますかは知らねどもかたじけなさに涙こぼるる」（西行）とでは、「私」に関しては、別世界であると言ってよい。

段落とパラグラフ

「乱暴だ。ひどいことをする。おどろいた」

アメリカ人教師が教室から帰ってくるなり憤慨《ふんがい》している。わけを聞いてみると、日本文を英語に訳すクラスで、学生が原文のパラグラフを勝手に切り分けて平気でいる。なぜこんなことをしたのか聞いても、質問の意味がよくわからないらしい、と嘆《なげ》いた。

このアメリカ人は日本語が達者なのだが、日本人がパラグラフに弱いのはご存知ないのである。

これは大学院で日本語の研究をしている学生の話——。

段落の本質を明らかにしようとして、この学生は、何年分かの朝日新聞の社説のすべてに当たった。分析して段落の法則のようなものを引き出そうとしたらしい。時間をかけて苦労したにもかかわらず、みごと失敗に終わった。

筆者によって、ひとりひとり段落のとり方が異なっていて、共通性が乏しい。混乱しているということだけがわかったという。

だいたい新聞で段落の研究をしようというのが間違っている。新聞はおくれていて、記事の段落がはっきりするようになったのも比較的近年のこと。ちなみに終戦の当日の新聞を見ると、段落がついていたり、いなかったりあいまいになっている。文末の句点はついていない。

新聞に比べて、学校はずいぶん進歩的で、明治二十年代の文部省教科書には段落が導入されている。その啓蒙の効果が上がらなかったのは、日本語の伝統によるのかもしれない。『源氏物語』はむろんのこと、西鶴《さいかく》だって段落がない、えんえん綿々と続くのが日本語だ。

いくら外国ではパラグラフがあるからといって、おいそれとそれを真似《まね》られるわけがない。段落をつけてみても、どうもしっくりしない。そういう意識は根づよく残っていたと想像される。新聞はそれに便乗して無段落を続けたというわけである。いまも各紙第一面下のコラムは無段落のヘソの緒をつけている。学生がひとつの文章の段落を切り崩すくらいでおどろくことはないのである。

欧文のパラグラフにははっきりした構造と組織がある。典型的なのはA・B・Cの三部に分かれる。Aは一般的、抽象的な書き方がしてあり、Bはその具体例などが述べられる。Cはまた抽象的表現に戻って締めくくる。この三者が同心円のように重なるのがよいとされる。

この構造に不案内だったりするとひどい目にあう。以前、大学入試で英文和訳の問題が必ず出た。その答案を採点していておもしろいことに気付く。さきのAの部分の原文の下を鉛筆の線が往き来していて苦心のあとを留めている。それが突破できずに失敗するのであるが、Bへ行けばわかりやすく、そこから返ってみればAもわかる。A止まりだから失敗するのである。

いまは、段落のない文章は、少なくとも活字にはならない。しかし、欧文のパラグラフとは違い、性格があいまいである。二百五十字から三百字くらいで段落を改めるように指導する国語教科書は親切な方で、なにも言わずに作文をさせるのが普通である。どうしても形式段落になってしまう。文章が書けるというので論説委員になった人たちの書く社説がパラグラフのあいまいな文章になるのは是非もない。

欧文のパラグラフにしても、すべてがさきに述べたように三段式で整然としているわけではない。だが、いくらか論理的であるのに対して、日本文の段落は心理的である。だいぶ長くなってきたから、ここで一段落としようか、といった気分段落が少なくない。

欧米の人はパラグラフ単位でものを書くが、日本人はセンテンスを重ねて文章にする。パラグラフを書いていくのは、長編に適しているが、センテンス式の段落では、どうしても短編になりやすく、長いものを書くのに苦労する。ひところ、〝堂々四百枚の書き下ろし〟などと喧伝《けんでん》したのもそのためである。書き下ろしが難しいから、あちこちへ書いたものを集めて出版することが多くなるが、欧米ではそういうのを「本」とは呼ばないようだ。

日本語には段落はあっても、パラグラフはない。あった方がいいのか、このままの混沌がよいのか。なかなか微妙なところである。

△と▽

日本人が外国語を話すのが下手なのは、聴き方が悪いからだという説がある。それはとにかく、センテンスの頭の部分をしっかり聴き取る耳ができていないために、相手の言っていることがわからない、というのは実際に珍しくない。

日本人が外国語のはじめの部分をうまくとらえられないのは、日本語の特性にからむ構造的な問題である。

日本語ではじめに大事なことがあまり出てこなくて、肝心なところは終わりの方である。たとえば、

「きのう、久しぶりにひまができたから、映画でも見て、あと古本屋をひやかし、デパートへ回って買いものもしようと思って出かけようとしていると、郷里から人が来てオジャンになってしまった」

というようなのがあるとする。途中のデパートの買いもの、あたりまでは行ったのだろうと思っていると、ところがひっくり返る。

これはある研究会でのこと。スピーカーがいろいろな先行研究をくわしく紹介する。賛成なのだろうと思って聞いていると、終わりへ来て「以上の諸説に私はいずれも反対であります」と締めくくった。反対ならもっと早くそう言ってほしい、と思う聴き手が多い。

きわめつけは宮澤賢治の「雨ニモマケズ」。

雨ニモマケズ
風ニモマケズ
雪ニモ夏ノ暑サニモマケヌ

で始まるこの有名な詩は、延々二十八行もこの調子で進み、ようやく最後の二行、

サウイフモノニ

ワタシハナリタイ

で終わる。それまではすべて前置きなのである。それが独特の効果を上げている。日本語の構造は、冒頭が軽く末尾が重い後方重心型である。富士山型、△型である。はじめのところを聞き落としても大したことはない。そういう耳の感覚がいつとはなしに身についてしまうというわけである。

あいにくなことに、英語ではその正反対の前方重心型、逆ピラミッドの▽型になっている。日本語だと、話の途中になって「ならば」が出てきて面喰らうことがあるが、英語は仮定文なら文頭にIfとしなくてはならない。

英語の疑問文は、文頭に疑問詞（What, Who, ……）があって、日本語のように終わりへ来て急に疑問文になるというようなことはない。疑問詞の使えないときは、主語と動詞の位置を逆転させて疑問文であることを明示しなくてはならないのが英語だ。

日本人のイエス、ノーがあいまいだというのは国際的に有名らしいが、一部は誤解である。はっきりしないわけではなく、諾否《だくひ》の位置が異なるのである。英語では冒頭に示されるのに日本語はそうではない。英語がはじめに“Yes”としたら全体が肯定でなくてはならない。それに対して日本語は、はじめ「はい」であっても、だんだん「いいえ」に近くなることがある。

ノーという否定のことばはことに強い。強いことばはなるべく先に出すという暗黙の約束が英語にはある。

He was not clever. これに I think をつけると、

I think he was not clever.

ではなく、not が前へせり出して、

I don't think he was clever.

としなくてはいけない。I don't think だから「考えない」のかと考えてはいけない。センテンスのレヴェルを超えても、△と▽の問題は存在する。落語は△型話しぶりの典型であるとしてよいだろう。はじめのマクラは軽く聴き手の気をひくためのもの。はなしの出来不出来、目玉は下げ、落ちで決まる。英語では、イントロダクションがきわめて大仰で、それだけ読めばよい、ということもある。日本語は序説を重視しない傾向がつよい。

欧米の本の翻訳を日本語の感覚で、序論のところをしっかり頭に入れないまま先を読む読者がこれまでどれくらいあったかしれないが、りっぱに誤読である。わが国の西欧文化の摂取《せっしゅ》がそのためにどれくらいゆがめられてきたかわからない。

もっとも、日本語にだって▽型表現がないわけではない。身近なところでは新聞である。新聞記事は欧米式に作られていて、前の方ほど重要である。見出し読者があるわけだが、そういう新聞を何十年と読んでいるのに、日本語の△型はいまなお健在である。ことばの感覚というものは意外に、強固で保守的なもののようである。

象は鼻が長い

「ボクはウナギだ」

と言っても、人間がウナギだったりするはずがないから誤解は起こらない。しかし、文法から言えば、ボクは主語、ウナギは述語で、ボクがウナギであると言っていることになる。おかしいと思う人があってもおかしくないが、お互いはなれっこになっている。日本語がわかりかけの外国人がおもしろがって、初めて気づくのである。

「象は鼻が長い」という文が大正年間から専門家を悩ませていた。「象は」も主語、

「鼻が」も主語。ひとつのセンテンスに二つも主語があってはならない。しかし、この表現は誤りではない。どう説明、合理化したらよいか、というのである。うまく解決する方法は見つからなかった。

戦後になって三上章（言語学者＝一九〇三～七一）という人がおもしろい説を出した。「象は」は主語ではなくて主題である。「鼻が長い」は主語と述語だというので、これなら二重主語でなくなる。主題というのは、〝について いえば〟のように範囲を示す、いわば副詞のようなものだと考える。副詞なら主語になれない。

三上章はこの説を『象は鼻が長い』（くろしお出版）という本にしたが、保守的な学会の承認するところとはならなかった。ところが思いがけないところに共鳴者が現れた。旧ソ連の言語学者が三上説を大発見のようにもてはやした。ソ連から本の注文が来るが、題名が題名だから、輸入業者がてっきり童話の本と勘違いして、ゴタゴタしたというエピソードがある。

「象は鼻が長い」の伝でいけば、「ボクはウナギだ」の説明もつく。「ボク」は主語ではなく主題、つまり副詞である。「ウナギだ」には主語がないが、主語を出さないでものを言うのは日本語の得意とするところで、少しも珍しくない。

「春が来る」の「春が」はまた少し性格が違う。一般には、主語「春が」と述語「来る」の結合と思われているが、そうではないかもしれない。「春が」は主語ではなく「来る」の一部であると考えるのである。〝春が来る〟という一つの動詞があると見るのは抵抗があるかもしれないが、例がないわけではない。

主語のないセンテンスを原則として認めない英語でやっかいな問題は、主語を必要としない動詞の存在である。〝雪が降る〟は It snows. で主語があるが、もとはただ snows だけで、〝雪が降る〟の意味になった。英語で一般にセンテンスが主語を必要とするルールが確立すると、それに合わせて、しかたがなく、仮の主語（It）を置いた。もちろんそれに〝雪が〟の意味があるわけではないから、まったく形式上の主語である。

こういう主語を要しない動詞のことを非人称動詞と呼び、現在もいくつか残っている。It rains.（雨が降る）、It blows.（風が吹く）、It is Sunday today.（今日は日曜日）など。

日本語の「春が来る」も主語と述語と考えないで、英語の「雨が降る」「風が吹く」と同じように、主語が動詞の中に入ってしまっているとすると、おもしろい。

とにかく、主語が微妙なのが日本語の特性である。主語のように見えても、実はそうでない言い方が少なくない。「象は鼻が長い」もそういう考えからすれば、「長い」は英語の非人称動詞に近いものとすることも可能である。

それにも関係するが、「は」と「が」の使い方が厄介《やっかい》である。日本語を勉強する外国人が「は」と「が」の違いについて延々と講義を受けるが、なかなか納得できない。当然のことで、日本人自身、はっきりしたことを知らないで一生を終わる。

選挙の街頭演説で紹介された候補者が、

「わたしが○○です」

とやったところ、ことばにうるさい人が聴衆の中にいたらしく、

「いばるな！」

という声があがった。「（ご存知でしょうが）わたしが○○です」と威張っているようだというのであろう。

「わたくしは○○です」

ならいいが、やはり少し落ち着かない。「わたくし」がじゃまで、ただ、

「○○と申します」

「○○です」

とする方が、しっくりする。日本語では「わたくし」をできれば落とすのが作法である。

「ボクはウナギだ」

にしても、単に「ウナギ（だ）」として〝滅私《めっし》〟の心を表すことができる。

敬語の妙

「外国にはない敬語など使いたくありません」

敬語の意識調査で、女子学生がこういうことを書いた。ほかにも似たようなのが多く、おそろしい。国語の教師から吹きこまれたのであろう。外国と異なるところはなんでもこちらが悪いと考える例である。

「尊敬もしていない人に対して敬語を使うのはいやです」

というのも少なくなかった。敬語は相手を尊敬しているときだけに使うのではなく、ことばの様式である。こういうことを言う人は、手紙の宛名が気に食わないからといって呼びすてにする気なのか。いやでも様をつけるだろう。

サラリーマンが、

「うちは大企業だのに、どうして小社などとするのか。バカにされるじゃないか」

などと真面目に言うらしい。笑止千万。自分の側のことは謙遜《けんそん》して控えめに言うのが日本語のたしなみで、謙譲《けんじょう》語は敬語の大事な部分である。

いくらりっぱな邸宅に住んでいても、わが家は拙宅、小宅などとならなくてはいけない。わが邸などと言う人はいくらなんでもいないだろうが、一般に謙譲の気持ちはうすれている。

よその子は、ご令息、お嬢様だが、わが子は、たとえ秀才でも愚息《ぐそく》と呼ぶのがたしなみで、手紙では豚児《とんじ》などと書くのも普通だったが、近年は、親の権威が下がったからではなく、敬語の心が乱れて、タブー視される。妻のことを愚妻と呼んで騒ぎになった家庭もある。それで家族のことはなるべく人前では口にしないようにしているという人もいる。

戦争に負けて世の中の秩序、しきたりが大きく崩壊したが、敬語も甚大な被害を受けた。敬語は封建思想の象徴であるように考える人たちもいて、敬語を使わないのがデモクラシーだという風潮さえあった。

家庭では敬語が姿を消し、学校も教えることをいやがった。敬語無知世代が育ったのは是非もない。ことばは伝統で生きているのだが、これで瀕死の打撃を受けた敬語の乱れの背景は深刻である。しかし、よくしたもので、自律的反動が起こることになった。さすがに敬語を大切にしようとは言えないで〝美しい日本語を〟がスローガンになった。日本語は敬語ゆえに美しいのである。

その走りが、〝あげます〟の流行である。女性の若い世代から始まった。「子どもにオヤツをやる」は感じがよくない。「オヤツをあげます」がいいと言い出した。文法ではおかしいのだが、多数の力で押し通した。いまでは「イヌに餌をあげます」はむろんのこと、「花に水をあげます」となって〝やり水〟ということばをなくしてしまう勢いである。このごろは、「椅子を移す」と言わないで「移してあげます」というのがあまり変でなくなった。

こうなると少し脱線気味だが、敬語をとり戻そうとするいじらしい気持ちの表れと考えればいいかもしれない。

もともと敬語は複雑で、使いこなすのは容易ではなかった。戦後の空白期間で乱れたこともあって、だいぶスリムになった。それでも敬語がことばの年輪の一部であることには変わりがない。子どもには敬語がわからないし、歴史の浅い外来語には、〝お〟をつけない決まりになっている。もっとも、使いなれたことばには、〝おビール〟〝おタバコ〟などがおかしくなくなっている。外来語であることが半ば忘れられている、と見ることもできる。

いまの日本人で敬語を完璧に使いこなせるのは例外的である。

国会議員が、委員会の質疑で、

「ただいま○○○議員が申されましたように……」

という言い方が広まったのは戦後になってからである。敬語の誤りだが、正す人もなくいつしか慣用になった。〝申す〟というのは自分がものを言うときの謙譲語である。第三者なら、〝おっしゃいました〟か〝述べられました〟という尊敬語でなくてはいけない。

敬語が厄介なのは、一筋ナワでいかず、尊敬語、謙譲語、丁寧語の三つに分かれていることである。相手を高めるのが尊敬語、自分を低めるのが謙譲語で、ことばづかいを美しくするのが丁寧語である。

女性はこの丁寧語を使うのがたしなみとされてきたから、食べものなどに多く見られる。

〝おむすび〟は、〝お〟をとって〝むすび〟では通りが悪いし、〝おやつ〟の〝お〟を落とした〝やつ〟では意味をなさない。そんななかで、〝おみおつけ〟(御御御付け)は丁寧の接頭辞を三つ重ねている。それほど丁寧語が好きなのである。

言文不一致

外国人には日本語が使えるようにはならない、と日本人は思い込んでいた。難しすぎるというのである。これが母国語に対するいわれなきコンプレックスだったと思い及ぶ人もほとんどなかった。

戦後、アメリカ人をはじめ日本語のできる〝外人〟が増えたことがどれほど日本人の自信をつけたかしれない。日本人顔負けの日本語をしゃべる、と言っておどろいた。そういう日本語使いの外国人が、実は、文章はほとんど書けないのには目をつむった。あるいは気づかない。もちろん、どうして書けないのかなどと考えるものはまったくなかった。

戦後二十年くらいのころから海外の日本語の学習者や研修者が増え出した。それに応えようというので、国際ジャパノロジストの会議が京都で開かれたことがある。南米アルゼンチンから一人の研究者が参加したが、この人は独学、書物だけで日本語をマスターするという特異な経歴のもち主。日本語で書いた論文をもってきて発表することになっていた。

会場でほかの人の発表を聞いておどろく。すべて「です、ます」体なのである。彼は、「である」体の原稿をつくってきて、そのまま読むつもりだった。日本語は言文一致ということになっているのだから、本に書いてある文章はそのまま口頭でも話せるものと思い込んでいたのである。彼はあわてて、原稿を書きかえなくてはならなくなったというエピソードが一部の人たちの興味をひいた。言文一致というが、本当にそうなっていないのに、その人はひっかかったのである。

もともと日本のことばは、書くのと話すのとは別々の発達をしてきた。文章は漢文の流れをひいた文語、話すことばは和語中心の口語である。それでいて言文二途とも言われる。それをおかしいとは考えなかった。古くから漢文を学んだ人たちはもっぱら目のことばを学び、漢文を綴《つづ》り、漢詩を作ることはできたが、中国語の会話ということはまったく考えない。必要になったら筆談するしかない。それを変だとも思わなかったのだから、日本語で言と文が別々であるのは当然である。中国ではいまもひどい言文乖離《かいり》だ。

明治、開国してみると、西欧の言語が言文一致であるのにびっくりしなくてはならなかった。外国語では書くように話し、話すように書かれるというのは、明治の日本人の誤解で、文語と口語の差がないわけではない。ただ、日本語に比べてその差が小さい、というだけのことであるが、たどたどしい外国語ではそんなことのわかるわけがない。言文一致だと割り切った。日本もそれに倣《なら》わなくてはいけないというので明治二十年ごろから言文一致運動が始まる。ことばの伝統はきわめて根強いものだから、小手先の試みくらいでは変わるものではない。しかし、一般は、日本語は言文一致になったと信じるようになった。ことばの知識、関心が低いのである。その状態は百二十年たったいまもほんの少ししか変わっていない。ことばはひどく保守的である。

言文一致の先駆となったのは山田美妙《びみょう》、二葉亭四迷《ふたばていしめい》、尾崎紅葉《こうよう》などの文学者であるが、実際にしたのは、文末語を新しくしたにとどまったと言ってもよいだろう。山田美妙は「です」をはじめ、二葉亭四迷は「だ」、尾崎紅葉が「である」を導入した。

これだけで言文一致とはオコガマしいが、実際はまずそんなものである。文語文法と口語文法はいまも併存している。つまり、日本語の言文一致はきわめて不完全なものだったのである。ただ、文語が消滅しようとしているのは注目すべきで、それが一見、言文の距離をなくしたように錯覚させるのかもしれない。実際は新しい言文二途が始まっている。

新聞、雑誌は依然として「である」体が主流である。女性向けには「です、ます」体が好まれる。いくら高齢者でも「である」体の会話はしないだろうし、「です、ます」体でしゃべっている人も、文章では「である」体を用いることが少なくない。やはり、言文二途である。

もっとも言文一致に近いのは手紙である。戦後、候文の書簡が廃《すた》れて、「です、ます」一本になった。けれどもそれが書きにくいこともあって、手紙文化は衰えたと言ってよい。

もうひとつおもしろいのは、言文混交体とも言うべき新しい書き方が現れようとしていることである。「である」体と「です、ます」体のチャンポンである。そのはじめは、本の〝あとがき〟でときたま見られた。ずっと、「である」体で書いてきて、最後の関係者への謝辞のところで突如「お世話になりました。ありがたくお礼申し上げます」と結ぶ。嫌う人が多かったが、なくならない。

それどころか、一般の文章で、「である」と「です、ます」の混交が増えている。いまは行儀のよい書き方とは言われないが、定着すれば、言文一致と言ってよいだろう。

そうなるまで当分は、日本語は言文不一致を続けることになるほかはない。

渾然一体——言霊の幸ふ国

特急列車に乗っていた外国人が同行の日本人に、いま通過した駅の名は何だったかと訊いた。漢字は見えたが、下の仮名書きは目に入らなかった日本人が、読めなかった、と言ったところ、「あなたのような教養のある人でも読めない地名があるのか」とびっくりされたという話がある。そんなことで教養を疑われた日本人は面喰らったに違いない。

固有名詞は読めない、読めなくて差し支えないのが日本語である。地名などずいぶん無理な文字になっている。通過する駅の名前など気にしない。漢字の多くが当て字だから、判じもののようなのが珍しくない。

人の名も見れども読めずというのがゴロゴロしている。口で言っただけでは、初めての相手には通じない。お医者の受付窓口で名前を伝えるのに、昔は苦労したものである。ビジネスでは、名刺を交換して挨拶することになっている。もらった名刺が読めなくても、「どうも、どうも、よろしく」。なんと読むのか、聞いたりしては失礼になる。

ひところアメリカ帰りの人が、向こうでは名刺なんか出すのは特別な場合だ、われわれもやめたほうがいい、などと言って、いくらか同調する向きもあったが、やがて消えた。名刺ほど便利なものはない、日本では。

名刺をもらって安心していて、いざ電報を打つというときになってあわてる。かつて電報は片仮名しか扱わなかったから、読みのわからぬ相手に電報を打つのが難しい。新聞の死亡記事の喪主の名に読み仮名がついているのも弔電《ちょうでん》を打つためである。

仮名といえば、昔、田舎のおやじさんが、息子の打ってきた電報を見て、「せっかく大学までやったのに、まだ、片仮名しか書けないのか」と嘆いたという笑い話がある。句読点もないから「ツマデキタカネオクレ」が、津まで来た金送れではなく、妻出来た金お呉れ、と誤読されたというのもよく知られていた。

欧文などとは違い日本語は分かち書きをしないが、読めるのは漢字まじり仮名文のためである。英語で語間をつめたら、お化けのようになる。漢字が少なく、仮名ばかりの文章はたいへん読みにくいのが日本語のかかえている問題のひとつである。

ある母親が学級参観に行ったら、教室のうしろに、わが子の習字が張り出されている。「はたいせつ」である。そんなに親思いなのかと喜んで帰った。うちで子どもをほめると、歯は大切のつもりだったと言われて、ガックリきたというのは実話である。

日本語の表記には、

漢字

平仮名

片仮名

の三体が混用される。近ごろはアルファベットも参入してきて、はなはだにぎやかになっている。それを雑然としていると思っている人は少ない。

もっとも権威（？）のあるのは漢字。官庁名など漢字の行列である。ただ新しく出来る市の名前に、仮名名が少しずつ増えている。かつては仮名の少なくなかった女子の名前が、このごろは漢字が圧倒的に多い。もっとも漢字を仮名として用いて、万梨子、映理子、麻衣子などとする。昭和仮名と言われる。万葉仮名に似ているというわけだ。

戦前の小学校は片仮名から教えた。それが平仮名が先になって、片仮名はひところ影がうすかった。それをひっくり返したのがコンピュータだった。初期のコンピュータは漢字が書けなくて、地名人名お構いなくすべて片仮名で打ち出した。ずいぶん読みづらかったが、相手が最新技術だから我慢した。なれて見れば片仮名もかわいいではないかとなった。外来語ではじゃまにした片仮名に好感をいだくようになったらしい。

それを裏付けるかのように、十数年前から片仮名の企業名が続出した。長年、売り込んできた漢字の社名を惜気《おしげ》もなく捨てて、わけのわからない仮名にする大企業がいくつもある。片仮名には妙なにおいがなく、新しいイメージをつくり易いのが好まれるらしい。

負けてはならじとアルファベット名が増える。ＮＴＴがその走りで、ＪＴ、ＪＲなどＪ（ジャパン）のつく企業名が幅をきかす。ＮＨＫは日本語の頭文字だが、近年のものは英語の略字である。ＪＲなどははなはだ耳ざわりだが、やはり馴《な》れれば平気になるから、よくしたものである。

日本の言葉は複々々線で、いくつもの様式、スタイルが仲よく共存している。ほかの国ではこういう器用な真似はできないだろう。それだけに、使いこなすには、たいへんな努力がいる。日本人はそのためにどれくらい損をしているかわからないが、字を書いていればボケなくてすむ。日本語のできる外国人が珍しくなくなったが、できるのは会話だけ。三体渾然《こんぜん》の文字を綴ることはほとんどない。日本はやはり、言霊《ことだま》の幸《さきは》ふ国なのである。

「文法がない」？

日本語論として谷崎潤一郎の『文章読本』はきわめておもしろい。とくに外国語との対比をふまえて日本語の特質を明らかにしている点では、あとにもさきにも、この名著に及ぶものはない。

その『文章読本』の中に、

「日本語には、西洋語にあるやうなむづかしい文法と云ふものはありません。……文法的に誤りのない文章を書いてゐる人は、一人もないでありませう」

という断定があり、そのさきでさらに、

「日本語には明確な文法がありませんから、従つてそれを習得するのが甚だ困難な訳であります」

とどめを刺している。ずいぶんはっきり言い切ったもので、さすがに後々、これに批判を加える人が現れた。ひとつには、著者の言い方がいささか不用意であったから誤解されたのである。日本語には英語と同じような文法はない、とすればよかったのである。短兵急《たんぺいきゅう》に、日本語には文法がないととられるように書いたのは不用意である。日本語の文法は英語などの文法と違うという至極、当たり前のことを、文明開化の明治以来、はっきり言った人はなかった。西欧文化に対する潜在的劣等感はいまなお多くの日本人を毒しているけれども、谷崎はいち早く吹っ切れていた。『文章読本』がユニークであるのもそのためである。

谷崎が、日本語にいわゆる文法がない、と言った根拠は二つある。

(一)「日本語のセンテンスは必ずしも主格のあることを必要としない」

(二)「われ〳〵の国の言葉にもテンスの規則などがないことはありませんけれども、誰も正確には使つてゐません」

主格、主語を欠いた日本文については、すでに本書において、かなり詳しく述べたので、ここでは（二）のテンスについて考えることにする。

テンスは、「時制」を表す英語文法の用語であって、日本語文法はテンスについてはっきりしない。

文法上の時、時制は、現在（形）、過去（形）、未来（形）の三つである。『文章読本』によれば、『『した』と云へば過去、『する』と云へば現在、『しよう』と云へば未来であります」となるのだが、実際はそうなっていないのである。日本語では過去のことを平気で現在形で表す。たとえば内田百閒《ひやつけん》は、

「食卓に著《つ》く前に記念撮影をすると云ふので、ボイに持つて来させた涼み台の様な細長い腰掛けに列《なら》んで腰を掛けた。

総勢で六七人しかゐない。だから一列に列んだだけで起《た》つてゐる者はゐない。真中に学長の松室致氏が掛けてゐる。……松室さんの隣りは予科長の野上さんで、腰掛けの一番右の端に私がゐた」（「ひよどり会」冒頭）

という文章を書いている。話は過去のことだから、全体に動詞は過去形であるべきだと思うのは初心者である。ここでは、はじめと終わりに、「掛けた」「ゐた」と過去形が出るだけで、その間にある文末はすべて現在形になっている。

内田百閒はおそらく明治以降、最高の文章家である。行文《こうぶん》まことに行き届いており、いささかの弛《ゆる》みも見せない。その百閒が過去形でなく現在形にしているのである。過去形にしたら、少なくとも文章のニュアンスは大きく損なわれるに違いない。悪文になる。

日本語の文法でテンスが確立しにくいのは、時を表す動詞、助動詞が、決まって文末に来るという日本語特有の構造と関係する。英語では、動詞は主語のすぐあとに来るからさほど目立たない。日本語は文末だから、同じ過去の動詞が続くと、耳ざわり、ないしは単調になる。うっかりしなくても、た、た、たと過去形の行列のようになる。文末、語尾に変化をつけなくてはいけない。文章を書くほどの人はそう考える。ヴァリエーションをつける必要がある。

全体が過去の文脈であれば、その中の現在形は、過去形のヴァリエーション、変化、つまり過去形と同等なものと見なされる。日本語の妙であるが、それを教えてくれるところがないかもしれない。

日本語に比べるとテンスのやかましい英語でも、過去形にすべきところで、現在形を使うことがある。物語の高揚したところになると、それまでの過去形動詞を捨てて現在形を使用する。理に合わないから、英文法ではこれに「歴史的現在」というわけのわからぬ名前をつけた。

日本語において、過去の文脈中で、現在形が使われるのは、主として、文体、表現効果によるもので、「歴史的現在」の向こうを張れば「修辞的現在」と呼ぶことができる。

こう考えてくると「日本語には文法がありません」ではなく、別の文法があるとした方が穏当であるように思われる。

古池や蛙《かわず》飛び込む水の音

はテンスを超越している。

アイランド・フォーム――以心伝心

「N君が淋しがっているでしょう」

そのNを見舞ってきたPが共通の友人Qにそう言うと、Qはひどくおどろいた。Qは日本へ来て三年で、なにかと事情がのみ込めなくて、おどろいてばかりいる。入院しているNが淋しがっている、というのがどうもフに落ちない。

「病院にはたくさん人がいるでしょう。淋しいわけがないじゃありませんか」

「いや、N君は、淋しがっているよ、きっと」

Pは Nがひとりぼっちだから淋しがっている、と言っているのではない。Qに、見舞いに行ってやりなさい、と言いたいのである。あからさまにそう言うのを憚《はばか》って、遠まわしに淋しがっていると言ったのが、日本語のセンスが充分でないQには通じなかった。このごろでは、日本人でもわからないかもしれない。

これも、日本へ住むようになって数年という外国人の話。親しくしている友人から転居の挨拶が来た。印刷した文面の終わりのところに、

「近くへお出かけの節は、是非お立ち寄り下さい」

とある。是非というのは、つよいことばである。なんとしても訪ねなくてはいけないと、わざわざ出かけた。引越し早々の来客にあわてた先方が、どういう用で来たのかと聞いたりしたので、すっかり不愉快になったという。日本人ならこれをマに受ける間抜けはない。安心して、いらっしゃい、と言えるのである。

これは中国残留孤児のこと。知り合いの家へ招かれて行った。帰りぎわに、そこの女主人が、

「おひまなとき、また、遊びにおいでください」

と言う。ひまなら、いつだってある孤児が、次の週にまた訪問した。来いと言った奥さんが、どうして来たのかと聞くから、孤児君は腹を立てて、日本人は口先ば

かりで、心は冷たい、という投書をした。本当に来てほしいときには、こんな言い方をしない、ということを知らなくて起こった誤解である。

外国から工場実習に来ているFが、隣にいる日本人の同僚Gに、

「スパナある？」

と聞いた。Gは黙って消えたと思ったら、スパナをもって来て、Fに渡した。Fは怒っている。「あるか」と尋ねたのに返事もしない。ないのなら、「ない」となぜ答えないのか、と言うのである。たしかにもってこいとは言っていないが、スパナがいるんだろう。もって来てやった方が、「ないよ」と言っているより親切になるというのが日本人の理屈である。相手の気持ちを汲み、それに応えている。

スパナくらいなら、笑ってすませるが、外交では大きな問題になる。佐藤栄作元首相がアメリカで、ニクソン大統領と会談したとき、ニクソンが重要懸案をもち出したのに対して、佐藤首相がひとこと、「善処《ぜんしょ》します」と答えた。大統領は、これをイエスと受けとり、問題は解決したと考えた。そうとは知らない佐藤首相が帰国してから、承知した覚えはない、と断言したため、アメリカ側が食言《しょくげん》だと激昂《げっこう》、対日不信を招いた（さすがにおかしいと考えたアメリカが研究?して〝善処しま

す〟というのが〝トピックを変えましょう〟という意味だと結論、誤解は解けたが、十年もたってからのあとの祭りである）。

日本人同士でも、意味をとり違えることがある。コーヒーに砂糖を入れてくれようとする人に対して、

「結構です」

と言ったら、どっさり砂糖を入れられた。入れてほしくなかったのに、とこぼした人がいる。結構は、どうぞお願いします、と、いいえ、いりませんの両方の含みがある。いりませんというのがいかにも角が立つようなので、結構ですとボカすのだが、通じないことがある。

東京の人が関西へ寄付をもらいに行った。相手が話を聞いて、

「考えときまひょ」

と言った。しばらくして、東京氏が、もうそろそろ考えてくれたかと電話したら、相手が噴き出した。考えておこう、というのは、ノーの心である。婉曲《えんきょく》なことわりであるとは、なれない人には通じない。

日本語は通人のことばである。野暮《やぼ》な人には使えない。使えば誤解される。こう

いう通人のことばのことをアイランド・フォームと呼ぶことができる。島の国のことばの特色で、日本と同じような島国であるイギリスの文化について、歴史家のトレヴェリアン（一八七六〜一九六二）がつけた名称である。日本語はイギリス英語よりはるかにアイランド・フォーム化が進んでいる。

アイランド・フォームのことばは論理的であるより、心理的である。以心伝心はアイランド・フォームのことばの花である。アメリカあたりのコミュニケーション論が何と言おうと、日本語は以心伝心を恥じなくてよい。

第3部　あたまの散歩道

散歩老人

ヒトは夜、寝ている間に身長がのびる、といわれる。私は小学生のとき、身をもってそれを実証した。

小学六年生のとき、校庭の一隅、城山のガケで、木のつるにぶら下がってターザンの真似《まね》をしていて、つるが切れてケガ。数日して入浴したときに毒が入ったらしい。一夜のうちに片腕が丸太のようになり高熱を発する。病院で丹毒《たんどく》と診断されたが、私はもう意識不明になっていた。運よく死ななくてすんだが、一カ月余り入院した。

学校へ行ってみると、身長がのびている。入院前、後ろから三列目くらいの席だったのに、もっとも背の高い最後列の席に移り自分でもびっくりした。何センチのびたか、田舎の小学生はそんなことを考えることもなかったが、何となく体がつよくなったようで愉快だった。

中学校へ入って初めての運動会で、走ったり飛んだりして学年一位の種目がいくつもあって、まわりから一目おかれるようになった。百メートル、四百メートル、走り幅跳びなどで群を抜いていたから、勉強を放り出して、グラウンドの虫になった。通学ではなく寄宿舎にいたから、放課後から夕食までたっぷり練習ができた。といってもコーチはいない。体育の先生は見向きもしなかった。トヨタの工員で、実業団陸上の選手だったらしい人が、夕方、練習に来て、何くれとなく指導してくれた。

中学三年くらいになると陸上万能選手になった。昭和十六年東京でオリンピックが開催されることになっていたから、ひょっとするとその二次候補くらいにはなれるかもしれない。十種競技はあまりする者がない。それがねらいだとひそかに夢をはぐくんだ。

初夏のよい天候の日、職員室の横を通るとあけ放たれた窓から英語の先生の声が聞こえる。「外山なんか、陸上をやりに、この学校へ来たんだ……」。

先生に悪意はなかっただろう。そう言われてもしかたなかったが、陸上競技をしたくて寄宿舎に入らなくてはならないこの学校へ来たと決めつけられたのが、おもしろくない。

陸上競技をきっぱりやめて、勉強だってできるんだというところを見せてやりたいと意地になって、グラウンドに出ることをやめた。

参考書を買ってきて受験勉強を開始した。三年生では早すぎると寄宿舎の先輩たちが冷たい目で見ていたが、気にしなかった。

一年して、受験にそなえる模擬試験が、四年・五年共通で実施された。さきに職員室で私のことを運動しかできないと言った先生が、英語の授業の途中で、「この間の模擬試験ではこのクラスの外山が五年生を抑えて最高点だった」と言った。〈どうです〉といった気持ちだった。

調子にのって、机にへばりつくようになったが、それがいけないということがわかるまで二十年かかった。その間、無自覚の結核をやり、気管支喘息《ぜんそく》の持病を背負いこんだ。青い顔をして、わけのわからない本を読んで暮らしていて、フトしたきっかけで、歩くのが体によいばかりでなく、頭のはたらきをよくするという〝発見〟をして、人生の色が変わったように思った。

考えあぐね、書きあぐねているとき、三十分もあたりを歩いてくると、気分一新、原稿がするすると進むのである。やっぱり歩かなくてはいけない。歩けばよい考えが生まれやすい。そう考えて、ひところは二時間くらい、歩数にして、一万三、四千歩を歩くのを日課のようにした。万歩計などが現れるずっと前である。いくらか変わった人間のように見られていたらしい。

はじめのうちは、ブラブラ歩いていただけだが、途中で、おもしろいアイデアが飛び出すことがある。そういうときは、つぎつぎ〝名案〟とうぬぼれる考えがわいてくる。覚えておこうと思ってもたいてい忘れてしまう。

メモの手帳をもち歩くようにした。何か思いつくたびに、立ち止まって、メモする。夜間、歩くことにしていた時期、まるで泥棒の下見のようだと思っていると、実際、パトカーに興味をもたれる。うるさいから小路にまぎれ込み、もうよかろうと、大通りへ出てみると、ちゃんとそこにさっきのパトカーがライトを消して止まっていたりする。

そんなことがあって、夜行散歩をやめにして、早朝、起きぬけに歩くことにした。ゴミゴミしたところでは、気分がよくない。皇居の外側の周回道路を歩くことを思いついた。

そうは言っても、皇居までは少し遠い。近くまで、地下鉄で行く。定期券を買うと休むのがもったいないような気がするから継続が容易になる。おもしろい思いつきだとほめてくれた人もあって、楽しい散歩になるのである。

国立劇場から最高裁判所の前、お濠《ほり》の土手の上の三宅坂をおりていくのがことに爽快である。

左手、皇居の森の上へ朝日が顔をのぞかせるときなど、神々しい浩然《こうぜん》の気を感じる。昔の人が朝日に手を合わせたのがわかるような気がする。

よく顔を合わせる外国人が愛嬌《あいきょう》たっぷりに「おはようございます」と声をかけてすれ違う。選手かと思われる走りぶりのランナーは黙々として坂をのぼる。

こちらは、近くで見ると、さほどとびぬけて高いと思われない建物が、遠く離れて眺めると、群を抜いてそびえて見えるのがおもしろい。どうしてだろうと考えていて、生前、それほど傑出しているとも思われなかった人物が、歴史の中で突出した存在になるのも、同じ道理かもしれない、などと考えて、少し興奮する。「従僕《じゅうぼく》に英雄なし」という西洋のことわざも、同じ心理をとらえたものか……。そんなことを考えていると、いつしか警視庁をすぎて桜田門が近くなっている。

スポーツ少年は何十年もして散歩老人となった。また、よろしからずや。

――私の頭は歩いてゆさぶってやらないと、眠ってしまう。（モンテーニュ）

又寝考

若いときから何ということなしに夜ふかしをした。勉強をおそくまでする。それが当然のように考えていたが、頭がよくはたらかないのは夜ふかしのせいかもしれないとうすうす感じるようになった。

あるとき、中国文学の教師とおしゃべりをしていたときに、朝廷ということばの由来を教わった。昔、中国では、天子《てんし》は朝、陽の上るのと合わせて、政務を執《と》った。それで政庁のことを朝廷と呼ぶようになった、というのである。初めて聞く話で、目からウロコの落ちる思いだったが、古人が朝を大切にしたことに感銘した。夜、うろうろ本を読み朝寝坊したりしていてはロクなことはない。夜の勉強、灯下《とうか》の読書を廃して、朝学を始めよう。そう考えて、朝型人間へ転向した。

そのころ読んでいたイギリスの本で、小説家のW・スコットが、何か解決のつかないことがあると、「いや、朝になれば、いい考えが浮かぶよ」と、口ぐせのように言った、という逸話を読んで、これあるかなと膝《ひざ》を打った。そう言えば、自分にも似た経験があった。前の晩、どうしてもうまくいかないレポートが、あくる朝になると、ウソのようにスラスラ進む。朝の力である。

授業の下調べを夜おそくなって始めるのだが、少しも進まない。下読みで意味のとれない英文が出てくる。頭をひねっても見当もつかない。明日は教室でこれをどう切り抜けるか。わからないと白状するのはみっともない。イギリス人に聞くにしても、まだ学校へ来ていないだろうし、弱った、弱った、と思いながら、寝る。朝起きて、もう一度問題のところを見ると、なんだ、こんなことをと思うくらいあっさり解決する。朝は頭がよくなっている。朝学に限る。

早寝早起きを日課とするようになって、はっきり、仕事の進みがよくなった。本を読んでもわかりがよくなったような気がする。昔の人が「朝飯前の仕事」と言った意味が自分なりにわかったように思った。辞書には、朝飯前に片づけられる簡単な仕事、といった説明がしてあるが、後の人の思い込みで、逆であろう。朝、食事前は頭も体も新鮮でキビキビよく働くから、たいていのことが簡単に片づく。そういうことをふまえて〝朝飯前の仕事〟と言ったのに違いない。晩飯のあとの仕事が非能率である、と言っているようなものだ。朝型人間になって、そんなことを考えていい気になる。

早起きはいいが、夕方になるとひどく疲れる。ものも言いたくないくらい。ものみなうるさく、することなすこと面倒になる。

なんとかしなくてはいけない。いろいろ考えて、補眠ということを考えた。不用意な早起きで、知らず知らずのうちに睡眠不足になっているからに違いない。睡眠時間をのばす必要があるが、早く寝るにも限度があるから、寝坊するほかに眠る時間をのばすことはできないと思い込んでいた。浅はかだった。昼のうちに不足分を補えばいい。そう思って補眠を考えた。

昼寝のことか、と言われるかもしれない。昼寝は、よほど身分の高い人でないと許されないぜいたくである。ヨーロッパでは昔の帝王たちは多く昼寝をしたらしい。

王侯貴族でも午睡《ごすい》の習慣はあっただろう。イギリスの大宰相ウインストン・チャーチルは一生午睡の習慣があった。戦争中首相だったが、この習慣を変えようとしなかった。そのために、昔から決まっていた閣議の時間をおくらせたというから、ごうぎなものである。アメリカではカーター元大統領がやはり現職中も昼の睡眠の習慣を変えず、夜、おそくまで執務した。付き合わされるスタッフはたまらず、早番、遅番に分かれて勤務したという。

われわれ下々に真似られることではない。勤めのある身で、昼日中、寝たりしていられるわけがない。しかし、三十分、四十分くらいは自由な時間をもつことのできる教師をしていたから、日によって時間をずらす、変動性補眠を始めた。人知れぬ気苦労があるが、眠ったあとの気分はすばらしい。ときには、〝もうこんなに陽が高くなって〟と、朝と勘違いすることもある。ひそかに又寝と呼んだ。

うまく又寝のできた日は、目覚めると、新しい日が始まるような気がする。一日が二日になるのなら一年は二年になる勘定《かんじょう》。人生八十年の時代と言うが、百歳まで生きるのは夢ではない。

いい気になって、そんなことを書いたら、共同執筆をしていた一人から、「仕事がおくれているくせに、ノンキなことを言うな」と、編集者を通じて叱られたこともある。しかし、それくらいのことでは、又寝をやめるわけにはいかない。又寝のない明け暮れを想像することもできなくなっている。

睡眠のいいところは、目覚めたあとの頭がきれいに片づいていること。あれこれつまらぬことどもが、どこかへ飛散するのかもしれない。心にかかることがぐっと少なくなっている。気分爽快、ひょっとすると、わが頭脳は明晰なのではないかとうぬぼれの錯覚をいだきかねない。

目は半眼にひらいて、ぼんやり天井を見ていると、思いがけないことが頭に浮かぶ。もう何カ月も前にこだわったことである。かと思うと、奇想天外なアイデアが突如、襲来する。あわてて、枕元にある大きなメモ紙とエンピツをとって、急いで書きとめる。それが実に楽しい。十分間も空想、思考に遊べば、なかなかの収穫になることもある。

年をとってきたせいで、こまったことになった。せっかく書きとめたメモがあとで読めなくなっていることだ。急《せ》いて書くから字が乱れる。それはもとからそうなのだが、老齢になって、書く字がきたなく乱れるようになったからである。自分だけでなく、同年輩の知友から来る手書きのはがき、手紙がほとんど読めないのである。目がひどく悪くなっているせいもある。

それでメモをとるのを控えるようになった。これはと思うことがあったら、頭の中へメモする。あとで忘れていることが多いが、去るものは追わず、忘れそこなったことを蒸し返していると、時間はいくらでもたつ。

だいたい、自由にものを考えるほど楽しいことはない。けれども、いつどこでも、というわけにはまいらない。何といっても、朝の目覚め、又寝のあとほど実り多き時間はない。それで実際以上に長生きしたことになる、と子どものように信じている。

ブタモ木ニノボル

入学間もない女子学生が夜、訪ねてきた。私の担任のクラスの学生だから、何事かと身構える。

彼女はとんでもないことを顔色も変えずにしゃべる。下宿しているところの近くに従兄《いとこ》がいる。結婚していて、子どももいるその従兄に恋をしたらしい。会うと胸がおかしくなり動悸《どうき》がする。夜も思い出して眠れない、どうしたらいいかわかりません。「ご相談に来ました」とぬけぬけと言う。

私はあわてなかった。作り話で教師をためしに来たのだろう。本来なら秘めておきたいことを、まだ気心も知れない教師に話すのは、まず考えにくいことである。それをあえてするからには、下心があるはず。それは何か。半分、上の空で彼女の話を聞きながら、あれこれ考えた。そして、自信喪失で心のバランスを崩したのだろうと見当をつけた。

彼女は開校以来の優等生として高校を卒業していたのは内申書で承知していた。入試の成績もすばらしかった。しかし、大学では、かつてのように全学の注目を浴びることなど思いもよらない。ずっとライムライトを浴びていたスターが暗転の中へまぎれ込んだようなショックであろう。とにかく、人にかまってほしい。賞賛が得られないのなら、叱責《しっせき》でもよい。叱られれば、気持ちがおちつく。そんなことを考えたというのではないが、それに近いことが起こっているのだろうと推測して、彼女の話に肩すかしを喰わせることにした。

「好きになってしまったのなら、しかたがないが、惜しいネ。キミくらいの能力があれば、将来、なんにだってなれる。勉強してごらん、おもしろいから……」

そんなことをしゃべっていると、彼女はそそくさと帰ってしまった。

次の週、大学の図書館で彼女とばったり会う。明るい顔をしている。

「あの話、どうした?」

と聞いてみる。彼女は婉然《えんぜん》と笑い、

「いいんです。もう済んじゃったんだから」

と言うと、風のように消えた。

優秀な人間はデリケートだが、ほめられながら力を発揮するらしい。

数年前のことである。金子弥生さんを編集にして仲間の八人が同人雑誌をつくることにした。初めてにしてはよくできたと言っていて、カットがなくて淋しいと思ったから、金子さんに、お父さんに描いてもらったらどうかと言った。さっそく第二号から、そのイラストが入ったが、ちょっと素人ばなれしている。難病の後遺症になやまされながら気晴らしに描いていると聞いていたので、びっくりして、金子さんに最大級ほめてあげてくださいと伝える。

しばらくすると、「父は人が変わったようにおとなしく、いい患者になりました。イラストをほめられたおかげです。思わぬ親孝行ができてよろこんでいます。ありがとうございました」という挨拶を受けた。絵をほめられたのが、クスリやリハビリよりも効果があった。

澤柿教誠さんの話はドラマティックだった。あるところで、偶然、お会いした私に澤柿さんは思い出を語ってくれた。澤柿さんはノーベル賞を受けた田中耕一氏の小学校のときの先生である。

小学校の理科の時間、生徒に実験をさせて先生は机間《きかん》をまわっておられた。すると、田中少年が「先生、これおかしいですね」といった質問のようなことばを発した。先生の予期しないことで、「キミ、すごいネ。そんなこと、先生も気がつかなかった」と感心されたという。このひとことが少年の志望決定のきっかけとなって、科学者になった。ノーベル賞を受けて帰国した田中さんは、空港から澤柿先生のところへ直行、喜びの報告をした。これは先生の口から言われたことではないから、何かで読んだのだろう。いずれにしてもいい話で、こういうことがあれば教師は天職である。

私は、長い間、学校で勉強したけれど、一度として先生からほめられた記憶がない。成績は悪い方ではなかったのだから、一度や二度はほめてもらってもいいのに、不運だったのだろう。その代わり軍隊で、思いもかけずほめられた。学校でなく軍隊、というのが皮肉だったが、うれしいことは変わりがない。

戦争末期に私は軍隊にいた。入隊して三カ月して、よそへ転属することになり、それまで訓練教育を担当した千葉吉男中尉が、ひとりひとり面接をした。お別れの挨拶である。私が中尉の前に着席すると、中尉は開口一番、

「キサマは実に頭がいい。これまでも、そう言われただろう……」

と言われた。先述したように、それまで一度もほめられたことがなかったから、ビックリして、あと中尉の言われたことばが耳に入らなかった。それから六十余年、いまも、そのときのおどろきと喜びの思いは新鮮である。

なんとなく長くは生きていられそうもない。そのころの青年はみなそう思っていた。私も未来があると思ったことはなかった。ほめられても、ほんとうのうれしさにはならなかったのはいたしかたもなかったが、戦争が終わって、だんだん人間らしい生活が戻ってくるにつれて、「実に頭がいい」ということばが呪文《じゅもん》のような力をもつようになった。思うように事がはこばず、くしゃくしゃしているときでも、このことばを噛みしめると、不思議と力がわいてくるような気がする。元気が出るのである。おかげでいくつものピンチをのり越えることができたのかもしれない。

教育にはピグマリオン効果というものがある。簡単に説明するとこうなる。

たとえば四十人のクラスがあるとすると、二十名ずつのグループに分ける。そして、繰り返してテストを行う。片方のグループには採点した答案を返すが、もう一方のグループは採点せず、答案も返さないで、ただ、テストはよくできていたと告げる。同じようなことを繰り返したあと、全員、両グループとも採点すると、それまで答案も見せずよくできたとだけ告げられていたグループの方が、もう一方よりはっきり点数がよい。これをピグマリオン効果というのである。

根拠もなくただデタラメにほめているだけで、はっきり形に表れる効果があるというのは、いかにも不思議であるけれども、われわれ人間には、生まれつき、ほめられると力を出すような心理的メカニズムがそなわっていると考えたくなる。適当なときに、それを刺激すると、本人もおどろくほどの能力を発揮するのだろう。活力、元気、意欲、闘志などを引き出すのは、賞賛であり、表彰であり、祝福である。ただ、がんばれ、がんばれとしごくだけでは、本当の力は出にくい。タイミングよく、ほめる激励によって、人は、自分でもおどろくような進歩、活動をする。そういうことを、われわれは、知らずに一生を終えることが多いが、いたましいことだとしてよい。叱ることは知らなくてもいい。ほめることを学ぶのは、自他ともに好運である。

山本五十六元帥《げんすい》は、そのことを心得ていたのであろう。

やってみせ
言って聞かせて
させてみて
ホメてやらねば
人は動かじ

という語を残している。蛇足《だそく》をつけるならば、

ホメれば、ブタも木にのぼる

となり、さらに、

ホメれば、人は天にものぼる

と飛躍することも可能である。

健忘のススメ

もの覚えがよい、記憶力のよいのが頭がよいのだ、となんとはなしに思い込まされて育った。勉強もよく覚えていないと試験の点が悪くなる。優等生は記憶がすぐれているのだと子ども心にも思った。

記憶の悪いのはひそかに劣等感をいだき、よくできるのを羨《うらや》ましいと思う。社会へ出てからもこの劣等意識は卒業できない。かく言う私も、そのひとりである。記憶のいい人を神様のように思うこともある。

もう四十年も前のこと、大学で教えていたが、学生の名前が覚えられないで困っていた。ある日、通りの向こうから白い杖をついて、目の見えない青年が歩いてくる。通り過ぎようとすると、私の名を言って、挨拶をするから、とび上がるほどおどろいた。どうしてわかるのか、と聞くと、「一年、授業を受けました。先生の歩き方を覚えています」とほほえみながら答えた。私は思わず「すごいねえキミ」と言って敬意を表した。

フランス語の先生で同じ学部の先輩同僚だったN博士は伝説的秀才で、その昔のことだが、小学五年で中学へ入り、四年修了で天下の難関、第一高等学校に合格、一高の事務の人が十六歳の新入生を教室へ見にきたというエピソードがある。

大学の先生になって二十年以上したころ、N博士を未知の人が訪ねてきた。来訪者が、初めて突然に伺ったと挨拶をすると、博士はしばらく顔を見ていて、「いや、初めてではありませんね」と言って、二十何年か前のことを話し出した。渋谷の喫茶店で、隣の席の人が見知らぬ人とケンカを始めた。博士が仲裁に入っておさめた。そのケンカの片方が、その日の来訪者だったのである。その人は、博士の強記《きょうき》におどろいて、この話をふりまいたから、われわれの耳にまでとどいた。

そういう話を聞くと、私などふるえ上がる。つよい劣等感におそわれるのである。

道を歩いていると、ニヤニヤしながら近づいてくる若者がいる。気味が悪いから離れて通ろうとすると、「こんにちは」と言うではないか。「キミは誰です」「いやですよ、先生の担任のクラスのフカヤです」というわけで、こちらの頭の悪さを立証した。担任はもち上がりで、そのときは三年だったから、学生もおもしろくなかっただろう、とあとあとまでこだわった。

頭のいい人でも忘れる、ということを知って心強い思いをしたことがある。最初は哲学者のSさんである。話がおもしろいというので講演で忙しかった。ある夜、うちへ電話があって、まことにすまないが、あさって京都で、代わりの講演をしてくれないか、という話である。いったいどうしたんです、と聞くと、秋田で講演する約束をすっかり忘れ、同日に京都の講演を引き受けた。両方から来てくれないと困る、と言われて困っている。助けてくれないかというのである。無茶な話だが、愛嬌があってにくめない。忘れて約束したところが、身につまされる。行きましょうと言って京都へ行った。以来、彼が亡くなるまで心を許すつき合いだった。忘れん坊、同類相あわれむ、といったところか。

同じころ、詩人の西脇順三郎先生のところへ、仕事でよく伺っていた。ある日、お宅へ伺い、用もすんで帰ろうとすると、「いまから会がある。一緒に出ましょう」とおっしゃる。タクシーにお乗せして、「会はどちらで?」と伺う。先生、あいまいな顔で、「それがはっきりしないが、貧乏な詩人たちの会だから、大したところではできまい。上野のSだったような気がする」とおっしゃるから、行ってみると、そんな会はない、と言われる。「銀座のM会館だったかもしれない」と言われるから銀座へまわる。そのころは道路がすいていたから、芝白金から、上野、それから銀座があっという間だった。銀座でもなかった。しかたがなく、白金まで帰ってきた。あれくらいでないと、

「宝石箱をひっくり返したような朝」

といったことばは生まれないのかもしれない。すぐれた頭にもよく忘れるタイプがあるとわかって、心強い思いもした。

忘れるのは頭が悪い、という常識からだんだん自由になってきて、忘れてもいい、忘れなくてはいけない、という理屈をこねあげて、思いつきのエッセイをいくつも書いた。ふり返ってみると、自己弁護の一種であるのは自分でもわかっているのだが、案外、まじめである。

ものごとを記憶するのは、ものを食べるのに似ている。食べて腹いっぱいになれば、あと、もう食べたくなくなる。食べたものを消化、栄養を吸収する。食べカスは排泄《はいせつ》する。体内にため込んでいれば糞《ふん》づまり、腸閉塞《ちょうへいそく》になってたいへんである。この排泄に当たるのが忘却だと考えた。忘れなければ、頭の糞づまりになって危険である。

うっかりした人間が、忘却を怠《おこた》るようなことがあっては事だから、自然に忘却できるメカニズムを人間はもっている。睡眠中、毎日、レム睡眠を何度か繰り返しているが、これが自然忘却にほかならない。普通の生活なら、それで頭の中の不要記憶は掃除されるのだが、情報過多な生活をしていると、レム睡眠だけでは処理できないゴミ情報が頭にたまって、異常を呈《てい》するようになる。

まず、何もしたくなくなる、本を読む気にもならない。すべてが、面倒でうるさく感じられる。ノイローゼみたいでもあるし、ウツの状態と見えることもある。要するに、頭の糞づまりである。なんでもいい、気晴らしになることをする。汗を流すのはたいへん有効である。アルコールで頭の中を洗い流すのも効果がある。昔からのヤケ酒がこの効果をもっているのははっきりしている。

一時的に頭がいっぱいになるということは、日常絶えず起こっている。同じことを長く続けていると頭がいっぱいになった感じがする。能率が落ちる。そこで休憩する。中休み。しばらくすると、頭の中がきれいになって気分爽快になり、やる気も起こる。

学校の時間割はなかなか考えてある。同じ授業を続けない。社会のあとは英語、数学といった具合で、関連性がない。雑然としている。先年、東京の名門公立高校で、改革を試みた。バラバラに何教科も教えるのではなく、何時間もぶっつづけて一教科の授業にする。水曜の英語、木曜は国語といった具合にする。注目されたが、大失敗。次の年からもとへ戻したという。

学校の時間割には、休み時間がある。これはなかなか重要なはたらきをするのだが、あまり認められず、せいぜい十分くらい。それでも、かなり頭の掃除、忘却には役立っている。この休み時間に、机に向かってノートの整理などをする生徒を、心なき教師は感心するが、わかっていないのである。休み時間は外へ出て飛びまわったりして、前の時間に学んだことの多くを忘れるのが、むしろのぞましい。次の時間教室へ戻って、前の時間に何を勉強したか思い出せないようになっていれば、忘却がうまくはたらいた結果である。心配することはない。

よく眠ったあとの朝の目覚めは、一日のうちでもっとも清々《すがすが》しく、気力にみち、ものごとがよくわかる状態である。グッド・モーニングである。夜中に、忘却がすんで、頭脳がきれいになっている証拠である。

われわれは、忘却によって、頭がよくなっている。忘れるのを恐れるのは誤りである。そういえば、かつては、よく忘れるのを〝健忘《けんぼう》〟といい、健忘症という言い方があった。健という文字はダテではないような気がする。

自由思考

考える、ということを考えるようになってかなりになるが、いつまでたってもロクなことが考えられない。

そう思ってひそかに歎《なげ》いていたが、成果の上がらないのにクヨクヨしているのは間違っているのかもしれないと思うようになった。何かはっきりした結果を得るために考えるのだって、考えることにはなる。問題を解く、解決するのももちろん考えることになる。しかし、本当の純粋な思考は、水のように色もなければ、味もないものかもしれない。

少なくとも、〈○○のため〉という意識のないのが、いちばん上等な思考であると思うようになった。つまり、自由思考こそ、本物の思考であると信じるようになった。その〈自由〉というのが、むずかしいのである。

ノン・アルコールのビール、キリン・フリーが現れたとき、その命名の妙に感心した。よほど英語のよくできる人の考案に違いない。ひょっとすると、英語のネイティブ・スピーカーのこしらえた名前かもしれない。勉強会の仲間に、この〈フリー〉を問題にしたら、大部分の人が、〈自由〉の意味にとっていた。〈自由〉というのでは、ノン・ビールでも気が抜ける。

この名をつけた当事者にたしかめたわけではないが、元英語教師の見るところ、この〈フリー〉は、アルコールの〈入っていない〉、アルコール分の〈ない〉という意味だろうと言ったが、よくわかってもらえなかった。〈フリー〉は〈自由〉とひとつ覚えしているからで、そういう考えでいては、何かと不都合である。〈自由〉ということばの慣用は、自由というものが存在するという前提に立っている。それがいけない。自由は不自由、拘束《こうそく》、束縛《そくばく》、弾圧などの〈ない〉状態を意味する。権力から自由であるとする自由主義が、戦前、危険視されたのも、権力側から見ると、反体制思想だからである。それはむしろ、正しい理解にもとづいた用語であったと言ってよい。

戦争が終わって、アメリカの影響のもとに自由を喜ぶ風儀《ふうぎ》がつよまった。わけもわからず自由、自由というのがえらいように考える浅薄《せんぱく》な人間が増える。幼稚園の子どもの母親が、子どもをのびのび自由に育てたいといきまくのはご愛嬌だが、いくらかものがわかってもいい政治家が、やみくもに自由を旗印にするのは滑稽《こっけい》である。自由党とか自由民主党という。民主というのは主権在民、有権者を〈あるじ〉（主）とするというのだから、矛盾するが、それを問題にする人もなくて天下泰平である。

だいたい、政治はもろもろの制約を背負っている。有権者の利害は一様ではないから、それを超越した〈自由〉などあり得るはずがない。いくらかまとまった世論というものから自由になって、背を向ければ政治はたちまち失墜する。自由政治などと存在するわけがない。不自由をうまく調整、解消するのが政治的である。自由を旗印にするのは不都合であるというほかない。

話は変わって、思考のことを考える。考えを考えるのはリダンダンシー（重複語）ではないかと言われそうだが、知ることを超えて考えることがあることを認めれば、考えることがどういうことかと考えることは不可欠だと言ってよい。

われわれは、気軽に〈考える〉と言うけれども、思考について頭をめぐらせることはないのが普通である。ぼんやり思ったことを考えたと思い込んでいることがはなはだ多い。

デカルトは「われ思う、ゆえにわれあり」と言ったそうだが、どういう考え方をしたのか、何を考えたのか、われわれは知らない。それでいて、しきりに考えるという。

学校は考えることが嫌いである。頭を使うのは知識を習得することだと割り切っているから気が楽である。〈考えよ〉という教師自身が、考え方を知らないのだから、しかたがない。

数学は考える力をつける有力な教科だ、と考えている人は、教師以外でも少なくない。本当に思考力を高めることができると信じている人もいる。実際、数学の問題を解くのに役立つのは、やはり主として、記憶力であって、思考と無縁で答えられる問題はいくらでもある。というより、本当の思考力を要する問題はごく限られているといってよい。記憶力の弱い人はたいてい数学が不得意である。思考力では抜群の強みを見せた発明王エジソンが、学校で、数学の成績がよくなかったというのは興味深い。

数学の問題をつくるのは、解答するのに比べていちじるしく高い思考力を要する。数学に限らず、問題に答えるのにはさほど思考力を要しないが、問題をつくるのは高度の思考力が求められる。忙しい現場の教師が、多忙を口実にして問題作成を業者に丸投げするのは、戦後に始まった弊風《へいふう》である。

問題作成には思考力が必要だが、テストのためという目的がある点において、目的思考である。もちろん、そういう思考も有用ではあるけれども、目的にしばられている点で自由でない。答えのある問題を考えるのは、とらわれた思考である。勝手なことを考える自由はない。問題思考、目的思考から、新しい考え、創造、発見は生まれない。

純粋思考は、何かのため、といった目的があってはいけない。自由、つまり、あらゆる干渉、束縛、影響、利害から自由、つまりそういうもののないところで行われるのが、本当の自由思考である。

人間は、そういう純粋に自由な環境に生きていない。意識するとしないとにかかわらず、いろいろの関心、思惑《おもわく》、損得などから蟬脱《せんだつ》する、つまり自由であることはできない定めになっている。神、仏でない限り、俗念がなければ、欲望がなくては、生きて行かれないようになっている。つまり、自由思考は頭の中でこしらえたフィクションということになる。残念ながら、われわれは自由思考をあきらめなくてはならないことになる。

純粋思考、自由思考はあきらめるとしても、いくらかでも、それに近づくことはできないのかという未練がのこる。それを考えた。

目的があるのだから、問題思考であるが、考えることを考える自由思考の入り口くらいの役割は果たしてくれる。そう考える。

われわれの頭にあるさまざまな知識、情報、思いなどというものが、自由思考を妨げているのだから、そういうものを捨ててしまえばいいわけだが、そんなことができるわけがない。

幼い子どもが、ときどきびっくりするようなことを言う。大人の見えないものが見えているのかと思われることもある。つまり、子どもはまだ、頭の中が空っぽに近いから、大人のできない自由思考を労せずしてやってのけられるのである。この点で〈子どもは大人の父〉（ワーズワース）である。

と言って、大人がおいそれと幼児に戻ることなど、それこそまったくの夢である。毎夜見ている夢は、いくらか、すべての想念から解放され、もろもろの雑念から自由な状態であると考えられる。それを思考と呼ぶことが許されたなら、夢はわれわれが毎日見ている自由思考だということになって愉快である。ただ、悲しいことに、われわれは夢の読解の方法を知らない。いくらすばらしいことを考えても、朝はまさに夢のように消えて、跡形もない。

それを惜しむ目覚めたあとのひととき、われわれの頭は一日のうちでいちばん自由である。雑事、雑念、妄想などから自由である。そういうものが影をひそめている。この好機を逃す手はない。ここで、及ばずながら、自由思考を試みる。ときとして、浮世《うきよ》ばなれしたアイデアが飛来することがないとは言えない。

私は、枕もとに、メモ紙とペンを置いて寝る。目覚めの自由思考が現れたら、すかさず、メモする。一日のハイライトである。

比喩の世界

戦争が始まろうとする直前、敵となるイギリスのことば、文化を学ぼうという、非常識なことを考えた私である。もともと、ひねくれていて素直でないところがある。

はじめは英語の小説を読んだが、さっぱりおもしろくない。詩を読んだが、まるで手ごたえがない。批評の方が手ごたえがあるが、やたらに攻撃的、議論的である。やがて、本など読んでもロクなことはないと、とんでもない偏見にとりつかれて、いわゆる読書から遠ざかる。ひとつには、本当にすばらしい本に出会ったら、そのとりこになって、そこから出られなくなるだろう。いくらすぐれた本でも、その中で溺れるのはおもしろくない。それには古典とか名著に近づかないに限る。溺れるのが怖かったものと想像される。

いつしか、模倣、追随を避け、貧しいながらも、わが細道を歩こう。道がなければ、道なきところをふみ分けて進もう。そんな風に考えて、学者になることを断念。ふくれて悶々《もんもん》の日をすごした。それが、三十年くらい続いた。

そこで、居直った。他人の知恵を借りないで、ものを書くことはできないか。独力でしたことが間違っていても、世を害する心配は少ない。悪く言われようと、ケチをつけられようと、それは覚悟の上。もともと常識外れが好きだから、人からほめられでもしたら、調子が狂う。そんな風に肚を決めて自分の知的世界の孤立を目指すことにした。

そこで、自分で切り開いたように思っていたことにも、やはりルーツがあって、自分の考えはそこから出た弱々しい芽であることを認めなくてはならなかった。

私の考え方にもっとも深い影響は三つであると考えた。いかにも不勉強で恥ずかしいが、事実その通りだからしかたがない。それを年の順によってふり返ってみる。

最初の経験は、小学校三年のときのことである。校庭で、小笠原三九郎さんの講話を聞いた。戦後、大蔵大臣になった政治家だったが、そのころはまだ代議士になっていなかったかもしれない。三河の貧しい町の小学校で、およそ文化的な空気に欠けていた。外部の人の話を全校生徒が聞くなどということはあとにもさきにもなかったから、子どもながら緊張していたに違いない。しかし、期待などはしない。集まれと言われたから、校庭で整列しただけだ。どうして式をする講堂でなかったのか、子どもにはもちろんわからない。風が冷たかったから、晩秋だったらしい。

寒々しい台に立って、小笠原さんは、しずかに聞かれた。

「モモ太郎のはなしを知っていますか」

バカにしてはいけない。いくら田舎の小僧でも、そんなことを知らないでどうする。そう思ったが、声を上げるものはなかった。ひと息入れて、小笠原さんは、

「どうして、モモ太郎がえらいのか、知っていますか」

と聞かれた。モモ太郎はえらいに決まっている。どうして、などときかれても、困る。そんなこと思ってみたこともない。どうして、えらいのだろう？　小笠原さ

んは、ゆっくり、

「サル、キジ、イヌはみんな仲が悪いのです。ケンカばかりする。それをモモ太郎はキビダンゴで仲よくさせたのです。サル、キジ、イヌだけではどうしても仲よくできなかったのに、モモ太郎のおかげで、ケンカしなくなり、力を合わせて鬼ヶ島の征伐に行ったのです」

そんな話だった。政治家の解釈だったのかもしれないが、子どもにそんなことのわかるわけがない。ただ、モモ太郎のえらさの理由を教えられたのがおもしろかった。こういうお話もあるのだと、日ごろの先生たちの話と比べて、不思議な興味をいだいた。私にとっては、寓意《ぐうい》というものの意味を初めて教わった。もちろん、寓意ということばなど知るわけもなかったが、サル、キジ、イヌがひょっとすると人間だったかもしれないと、あとになって考えて、たとえ話のおもしろさを教わったのだと思うようになる。

中学へ入っても、文字や知識は覚えたけれども、考え方については心をゆさぶられるということはほとんどなかった。先生方には申しわけないが、目からウロコの落ちる思いをした経験がなかった。

ただひとつ、例外がある。中学三年の国語の教科書で吉村冬彦（寺田寅彦）の「科学者とあたま」という文章を読んで、深い感銘を受けた。それまで知らなかった〝知〟の世界のあることを教えられた。先生が説明されたに違いないが、それはまったく忘れた。ただ、科学者になるには、頭のよい人より、頭の悪い人の方が適している。頭のいい人は足の速い旅人のようであり、頭の悪い人は足の遅い人である。足の速い人が見落としていくものを、あとから行く足ののろい人は苦もなく拾い上げて成果を上げることができる、といった見せかけのパラドックスのおもしろさは、それまで読んだものとは別世界のようであった。こういう思考の世界をのぞき見て、生まれて初めてのスリルを覚えた。以来、七十年、その呪縛《じゅばく》から自由になっているとは言えない。

気がついてみると、寅彦流である。しかもまずく真似ているようで、自己嫌悪に陥《おちい》ることもあるが、受けてきた恩恵はかりしれないほどである。小笠原さんの話も比喩《ひゆ》の絵解《えとき》であったが、寅彦の「科学者とあたま」の記述もアナロジーで、やはり比喩的思考である。

三つ目もやはり主として比喩を用いる〝ことわざ〟である。

近代教育、学校はことわざが嫌いである。ことわざが教材になることは稀《まれ》で、学校の先生たちは、ことわざを口にすることを恥じるかのようである。知識人も口にすることを潔《いさぎよ》しとしない。小説家、とくに女性作家はことわざを目の仇《かたき》にする人が多い。ことわざは前近代的、つまり古臭い、陳腐《ちんぷ》だと決めつけているかのようである。

そういう常識に立てついてみたくてことわざを愛するようになったわけではない。いわゆる知識のもっている冷たさ、硬さがなくて、ことわざは、血の通ったあたたか味がある。比喩的表現のせいであろう。

もともと、ことわざは、活字文化以前の知の宝庫であった。社会万般の知識と経験を簡潔な短句に凝縮したもの。人口に膾炙《かいしゃ》して伝承された。学校教育はそれにとって替わることができないはずなのに、ことわざをつぶしてしまった。

知識には生活がないが、ことわざは経験の要約である。ただの記述ではなく、思考を加味しているところが、知識としてもユニークである。しかも個人的思考ではなく無意識的集団の考えを反映している点において、知識より高度の知見である。教育を受けた人が、かいなでにことわざをおとしめるのは不遜《ふそん》である。たとえば、

隣の花は赤い

夜目、遠目、笠の内

売り家と唐様で書く三代目

トリなき里のコウモリ

といったことわざを、二、三百文字の文章で表すことは難しいだろう。

船頭多くして船山にのぼる

というのを、たくさん船頭がいて、船を山にかつぎ上げる、と解した大学生がいるというが、文字通りにしか解することを知らないのは哀れである。比喩、たとえで〝船頭〟というのである。知識教育を受けると、比喩の感覚が退化するのかもしれない。

知識ではなく、知恵と勘で勝負したかつての相場師たちは、

まだはもうなり　もうはまだなり

とタイミングの難しさを表した。これも一種の比喩である。

比喩は微妙なことをわかりやすく表す方法として、ごく古い時代から大切にされた思考法である。古典の多くは比喩で生きていると言ってもよい。聖書にたとえ話がたくさん表れているのは偶然ではない。

私は、いわゆる知識に疑問をいだくようになった中年になってから、ことわざに興味をもつようになったが、小笠原三九郎さんの「モモ太郎」、寺田寅彦「科学者とあたま」とともに、比喩の世界であるのを自分でもおもしろいと思っている。

解説　ことばの伝道師

出久根達郎

新聞の投書欄に、こんな苦情が載《の》っていた。

テレビの早朝番組で、時報と共に「キャラクター」が、「皆さん、早起きお疲れ様です」と告げる。通勤の支度《したく》をしながら、毎日見ているのだが、この挨拶を聞くと、仕事へ向かう気勢《きせい》がそがれる。「お疲れ様」は仕事の終わりや、一段落した時に使う言葉でないだろうか。「『早起きの皆さん、おはようございます』と言ってもらいたい」

一読、私は爆笑した。午前五時の番組という。「キャラクター」なる人物は、打ち合わせや準備のため、かなり早い時間にスタジオに入るのだろう。お膳立てに神経を使い、さあ本番となって、つい「お疲れ様」が口をついて出たのでは？　と推量したが、「毎日」とあるから、この人の口癖《くちぐせ》だろうか。

「早起きご苦労様」のつもりだろうか。この人には「お疲れ様」が「ご苦労様」の意なのだろう。ならば早朝に用いても妙ではない。早起きが苦手の人への挨拶なら、実に丁重な挨拶といえる。「どういたしまして」「痛み入ります」「恐れ入ります」「恐縮です」などと返さねばなるまい。

他に、何か適切な返辞はあるだろうか？

考え込んでしまった。

というのも、外山滋比古氏の『「忘れる」力』を読んだばかりだったからである。言葉に、敏感になっている。

先日タクシーに乗ったら、中年の運転手が怒っている。何があったのか尋ねると、「まあお客さん聞いてくださいよ」と言う。

今しがた乗せた若い男が、「運ちゃん、どこそこへ行ってくれ」「運ちゃん、急がないから安全運転で」と命じる。それはいいが、いちいち「運ちゃん」と呼ぶ。

しばらくは「はいよ」と従っていたが、ついに我慢ならなくなって、「お客さん」と声を改めた。

「あんた、父親いるの？」

「いますよ」若者が答える。

「父親があんたのような若い者に、『運ちゃん』『運ちゃん』と呼びかけられたら、どんな気持ちがする？」

えっ、と若者が目を丸くしたそうだ。

「悪い言葉なの？」おずおずと聞き返した。

会社の上司とタクシーに相乗りした時、上司がこの言葉を口にした。運転手が何とも言わないので、親しみを込めて発するのだと独り合点した。愛称のつもりで使っていたというのである。

「酔っていたのかも知れないが、ろくでもない上司ですよ。若い者に教える立場じゃないですか。全く」運転手が憤慨《ふんがい》している。

「その上司なる者に腹が立ったんですよ。若者よりも。礼節をわきまえない年輩者に」

「全くねえ」首をすくめた。こちらも教える側の年長者なのである。

本書の著者・外山滋比古氏は英文学者であるが、そう言い切ってしまうと不正確な気がする。言語や教育、古典、読書、ジャーナリズム、家庭、育児、女性論、等あらゆる分野を考究《こうきゅう》し論じている。

外山氏の著作の特徴は、いずれも読みやすく、わかりやすいことである。何よりも面白い。たとえ話が多いせいである。エピソードがふんだんに盛り込まれているからである。そのエピソードも、皆「とっておきの実話」だから、たまらない。外山氏が取材で得た種、書物に出ていた例、人から教えられた秘話を、惜しげもなく読者に披露してくれる。

「ことば」に関する著書が、多く目につく。

『ことばの姿』『ことばのある暮し』『ことば散策』『ことばの力』『初めに言葉ありき』『日本語の素顔』……

そう。外山氏が一番関心を寄せていたのは、ことばだった。ことばこそ、この世のすべてなのである。ことばは人類の根元であり、生命なのである。

だから大切にしなくてはいけない。

外山氏はこの一言を述べるため、九十六年の生涯を賭けた。布教に当たって、俗耳に入り易いように、難解な言葉を遣わず、誰にも理解できる比喩《ひゆ》を用いた。私は外山氏は、「ものしり博士」で「ことばの伝道師」だと思っている。

本書の「比喩の世界」で、ことわざの貴重さを説いている。「近代教育、学校はことわざが嫌いである」と言い、「もともと、ことわざは、活字文化以前の知の宝庫であった」と論じている。

私はここを読んで、思わず膝《ひざ》を打った。わが意を得た、気持ちであった。

私の母は、全く文字が読めなかった。小学校三年の時、学校で母あての作文を書かされた。その作文を持ち帰り、母に感想を記してもらって来い、という宿題である。わが母は私に作文を朗読させると、「よく出来ました」と書いておけ、と言った。本人がほめ言葉を書きつらねるなんて恥ずかしい、といやがると、母子なんだから誰にも字の見分けがつかないよ、と笑う。それで母が読み書きに疎《うと》いことを初めて知った。

そんな母だったが、意外なのは、ことわざの類を驚くばかり覚えていて、何かの折に口をついて出ることだった。

「貧乏ひまなし」「貧者の一灯」「貧乏人の子だくさん」「金は天下のまわり物」「金の切れ目が縁の切れ目」「金が敵の世の中」「金持ち喧嘩せず」「金に糸目をつけない」……

貧乏とお金のことわざが多いのは、貧しい生活だったから無理もない。もともとことわざというものは、底辺や下積みにある人間のつぶやきから成ったのかも知れない。

母の場合は耳学問だから、間違えて覚えていることが多かった。食後すぐに横になると、「虫になるよ」とおどした。「牛になる」が「虫」と誤っている。虫じゃない、と正すと、「腹の虫というだろう。虫だよ」と強情である。

息子は長じて「本の虫」になった。おふくろは予見していたのかも知れない。

（でくね・たつろう／作家）

本書は二〇一一年二月に小社より刊行された単行本を文庫化したものです。

外山滋比古（とやま・しげひこ）
1923年愛知県生まれ。英文学者、文学博士、評論家、エッセイスト。東京文理科大学英文学科卒業。同大学特別研修生修了。1951年より、雑誌「英語青年」（現・web英語青年）編集長となる。その後、東京教育大学助教授、お茶の水女子大学教授を務め、1989年、同大名誉教授。専門の英文学に始まり、思考、日本語論の分野で活躍。2020年7月逝去。

「忘れる」力

潮文庫　と－1

2022年　4月20日　初版発行

著　　者　外山滋比古
発 行 者　南　晋三
発 行 所　株式会社潮出版社
〒102-8110
東京都千代田区一番町6　一番町SQUARE
電　　話　03-3230-0781（編集）
03-3230-0741（営業）
振替口座　00150-5-61090
印刷・製本　中央精版印刷株式会社
デザイン　多田和博

©Shigehiko Toyama 2022,Printed in Japan
ISBN978-4-267-02341-5 C0195

乱丁・落丁本は小社負担にてお取り換えいたします。

本書の全部または一部のコピー、電子データ化等の無断複製は著作権法上の例外を除き、禁じられています。

代行業者等の第三者に依頼して本書の電子的複製を行うことは、個人・家庭内等の使用目的であっても著作権法違反です。

定価はカバーに表示してあります。